双葉文庫

八丁堀の狐

大化け

松本賢吾

目次

第一章　独楽《こま》まわし　7
第二章　一人芝居　76
第三章　黴《ばい》菌《きん》　131
第四章　真向唐竹割《まっこうからたけわり》　192

八丁堀の狐　大化《おおば》け

第一章　独楽《こま》まわし

一

白髪まじりの総髪を乱したあばた面《づら》の斬人鬼《ざんじんき》、曲 狂之介《まがりきょうのすけ》が放つ「落石砕《らくせきくだ》き」の一閃《いっせん》が、山崩れの落石のような勢いで、狐崎十蔵《こざきじゅうぞう》の胴を薙《な》いできた。

「がははは……八丁堀の狐、観念しろ！」

血に飢えた人斬り鬼が嘲笑し、獲物を前にした虎のように吼《ほ》えた。

「二十年前、親狐の重蔵《じゅうぞう》の血を喰らった豪剣で、倅《せがれ》の狐も冥途《めいど》に送ってやろう！」

曲狂之介はふてぶてしくも、二十年前、十蔵の父、北町奉行所与力の狐崎重蔵を斬ったのは自分だと披瀝《ひれき》して、親の仇を討てるものなら討ってみろと、十蔵を嘲《あざけ》っていた。が、虚《きょ》を衝《つ》かれた十蔵の四肢は金縛りにあったように硬直し、指一本満足に動かすことができない。

無念だった。

八丁堀の狐の必殺技である起倒流柔術《きとうりゅうじゅうじゅつ》の「竜巻落《たつまき》とし」も、馬庭念流《まにわねんりゅう》の「雷光の剣」も発揮することなく、今まさに返り討ちにされようとしていた。

にやり。白髪の人斬り鬼が笑った。

「でりゃあーっ！」

気合いが空気を震わせ、ぶーんと刃音が高鳴って、ばしゃ、と肉を斬《た》つ音がした。

「ぎゃあーっ！」

断末魔《だんまつま》の声があがった。

がばっ！

十蔵は布団《ふとん》に半身を起こした。

「夢か……」

思わず呟く。気色の悪い汗をびっしょり掻いていた。小塚原《こつかっぱら》で十蔵を庇《かば》った北八《きたはち》が、無惨に斬り殺された瞬間の夢だった。

八丁堀の狐の手下《てか》になったばかりの北八が、今まさに斬られんとした十蔵の窮地を救おうと、「落石砕き」の一閃を放った斬人鬼に素手で飛びかかり、胴を両断されながらも、斬り離された上半身だけで前に飛んで、曲狂之介の首に腕を巻きつけたのだ。そのお蔭で十蔵は九死に一生を得ることができた。

「狐の旦那……何か悪い夢を見たようね？　ずいぶん、うなされていたわ」

お吉《きち》が起きて行燈《あんどん》を灯し、濡れ手拭と、糊《のり》のきいた浴衣を持ってきた。

「さ、そっち向いて。背中の汗、拭《ふ》いたげる。これに着替えりゃ、さっぱりするわよ。

うふふ、八丁堀の狐でも、夢にうなされることがあるんだ。こんなこと、わっちとこうなってから初めてね」

お吉は同衾《どうきん》していた布団を撫でて、擽《くすぐ》ったそうに笑った。

「そうか、初めてか。言われてみりゃ、おれはこれまで夢でうなされたという覚えがねえな」

「その旦那があんなにうなされるなんて。まさか、旦那、どこかの女に罪なことをしたんじゃないでしょうね？」

「ふふふ、残念ながら、夢に出てきたのは女じゃなくて白髪頭の爺《じじ》いだった」

「あの独楽翁《こまおう》とかいう化物《ばけもの》爺いね？」

お吉も二丁町《にちょうまち》の親父橋で、独楽翁こと曲狂之介の非情な斬人剣を見ていた。

このときも十蔵は、ぶおっと唸りをあげた斬人鬼の刀刃《とうじん》に、胴を両断されようとしていたのだ。

「あんた、逃げて！　あんたが死んだら、わっちも死ぬよ！」

そのお吉の絶叫のお蔭で、十蔵は辛《から》くも窮地を脱することができた。

白髪の人斬り鬼はそれを嘲笑し、八丁堀の狐退治の仲間だった直参旗本の部屋《へや》住《ずみ》の子弟を五人、口封じのために情け容赦なく斬り捨てて、悠然と立ち去っていったのだ。

「夢の中じゃ、その化物爺いがおれを嘲笑《あざわら》って、親の仇を討てるものなら討ってみろとほざきおった」

「憎い爺いね」

お吉が柳眉《りゅうび》を逆立てた。

「あんた、もちろん、仇を討つんでしょう？」

「ああ、討つぜ。面と向かって親父《おやじ》を斬ったと言われたんじゃ、これでも武士《さむれえ》の端くれ、化物爺いの白髪首を討ち取らぬわけにゃいかねえ」

十蔵は、親父橋と小塚原の二度の対決とも、化物爺いこと曲狂之介の豪剣「落石砕き」の、横に薙ぐ一閃の餌食になるところだった。

それが二度とも、紙一重のところで兇刃《きようじん》の餌食になるのを免れていた。

どうやら運は十蔵の側にあるようで、肩の銃創《じゆうそう》も癒《い》えた次の対決では、「竜巻落とし」で投げ飛ばし、「雷光の剣」で真向唐竹割《まつこうからたけわり》にできそうだった。

十蔵が厠《かわや》から戻って布団に入ると、お吉が行燈の灯りを消して、するっと横に滑り込んできた。

「ね、教えて」

「何だ」

「お父さまが斬られたとき、あんた、いくつだったの？」

「十歳だったな」

「それじゃ、記憶はあるわね。どんなお父さまだったの？」

「うーむ」

十蔵は唸った。

「とにかく親父は、痛かったな」

「痛かったって、どういうこと？」

「うん、物心がついたときから、ずっと木刀で殴られていたような気がする」

「まあひどい、なんて父親なの。幼い子供を木刀で殴るなんて、鬼畜《きちく》の仕業ね」

「ところがそれは折檻《せっかん》でも虐待《ぎゃくたい》でもなくて、親父流の剣術の上達法の一つだったんだ。とにかく隙を見せると殴られて、痛くて堪らなかった。

親父は外では鬼の重蔵と呼ばれる凄腕の与力だったが、屋敷にいるときは借りてきた猫のように大人しくて、おれに剣術を教えるときだけ、本来の鬼に戻っていた。

その鬼が、三歳のおれに玩具《おもちゃ》がわりに木刀を握らせた。竹刀《しない》でなく木刀というのが親父らしい。体が打たれる痛みを覚え込まなければ、剣は上達しないというのが、親父の理屈だったんだ。

だから、子供を打つのにも手加減をしなかった。いや、むろん、していただろうが、おれにはそうは思えなかった。いつも完膚《かんぷ》なきまでに叩きのめされて、気を失うこともたびたびだったな」

「ひどい、それでも父親なの？　千代《ちよ》さまは止めなかったの？」

「母者《ははじゃ》はまるで無関心だった。おそらく、親父とおれの稽古を、一度もまともに見たことがないんじゃないかな。

ところが五歳になっていた二つ年下のお純《じゅん》は、親父に木刀で殴られているおれを羨ましがって、自分も木刀が欲しいと言って駄々《だだ》をこねた。お純には親父がおれだけを可愛がっているように見えたようなんだ」

「きっとお純さまは、お父さまが好きだったのね」

「親父は面白がって、お純に木刀を与えたが、珍しく母者が口を出して竹刀に代えさせられた。

天稟《てんぴん》があったのか、お純の上達はその後目を瞠《みは》るばかりだったぜ。お蔭で成人して小太刀の達者になった」

「もちろん狐の旦那にも剣の天稟があったんでしょう？」

「天稟かどうかは別にして、十歳になったときには、親父の木刀で殴られることはなくなっていたな。

いつしかおれは、頭で考えるより先に体が反応して、木刀を避けられるようになっていたんだ。

十歳、よくやった、と心から嬉しそうに褒めてくれた数日後、親父は斬られて死んでしまった」

　お吉が息を呑み、しばらくしてから呟いた。

「本当はいいお父さまだったのね。父親って、どうしてそんなに不器用なのかしら。うじうじして、実の娘に父親だと名乗ることもできないお殿さまもいるのにね」

「げっ！」

　十蔵は飛び起きた。

「お吉、お前《めえ》、まさか……知ってたのか？」

「うふふふ、狐の旦那も三河吉田のお殿さまも、女の勘を何だと思っているのさ。お殿さまの顔には、いつ会っても、わしはお前の父親だと書いてあったわ」

「お殿さまはお吉が不憫《ふびん》でならなかったんだ。お吉が知っていたと聞いたら喜ぶぞ」

「でも関係ないわ。わっちのお父《とっ》つぁんは、病気で死んだ四つ目屋忠兵衛なのよ。父親は二人もいらないわ」

　お吉の母のお房《ふさ》、三河吉田のお殿さま、四つ目屋忠兵衛の間に何があったかわからないが、忠兵衛は明らかに自分の種でないお吉の将来を案じて、お吉と三人の弟分の猪吉《いのきち》、鹿蔵《しかぞう》、蝶次《ちょうじ》に四つ目屋の仕事を仕込んで、身代《しんだい》を譲ったのだった。

「狐の旦那、わっちゃ、大名のお姫さまなんか、ご免だからね」

お吉が裸になって背中の弁天さまの刺青《いれずみ》を見せた。

「浅草奥山の女掏摸《すり》だった弁天お吉には、八丁堀の狐の情婦《いろ》が一番似合うのさ。さあ、抱いとくれ！」


夜が明けた。

「ふわーあっ」

「四つ目屋忠兵衛」の勝手口を出た十蔵は、八朔《はっさく》（八月一日）間近の秋めいた空を仰いで大欠伸《おおあくび》をした。

これから八丁堀の屋敷に戻って、芝居見物に行く前の白面金毛九尾《はくめんこんもうきゅうび》の狐《きつね》こと、母の千代をつかまえて、父重蔵の仇である曲狂之介を討つ決意を告げるつもりだった。

『そうかい……二度も斬られそうになっていて、大丈夫かい？　十蔵どのは頼りないからねえ』

ところが、面倒臭そうに答える母の声が聞こえたような気がして、十蔵の気が変わった。

〈とくに断ることもねえか……どうせ文句を言われるんなら、討ってから知らせても遅くはねえだろう〉

十蔵は胸中で呟くと、編笠を深く被り直して、朝から賑やかな両国広小路を横切った。

初秋の涼しい風が吹く柳原土手に出て、短筒で撃たれた左肩をまわしてみる。

ごきっ！

骨が鳴ったが、痛みは走らなかった。

すでに銃創は完治《かんち》していて、得意技である「竜巻落とし」も「雷光の剣」も、撃たれる前と同じように放つことができるようになっていた。

それが何より嬉しかった。

〈あははは、八丁堀の狐は不死身かもしれねえぜ〉

十蔵は嘯《うそぶ》きながら颯爽《さつそう》と歩いて、筋違御門内の八ッ小路を過ぎ、昌平橋を渡った。

聖堂、神田明神、妻恋稲荷、湯島天神と過ぎ、湯島切通町に立って、勘定奉行大久保備前守の屋敷の屋根の天辺《てっぺん》を見あげた。

十蔵はそこから撃たれたのだった。

先ごろ、小塚原刑場で磔獄門《はりつけごくもん》になった盗賊鬼薊《おにあざみ》の清吉《せいきち》の市中引き回しの日、町屋の屋根に逃げた盗賊鬼坊主《おにぼうず》の清吉《せいきち》を追った十蔵と鹿蔵は、たまたま勘定奉行の屋敷の屋根の天辺から引き回しの行列見物をしていた、紀州屋三右衛門《きしゅうやさんえもん》の短筒に狙われるという、絶体絶命の窮地に立たされた。

ところが思わぬ偶然が重なった。紀州屋三右衛門が八丁堀の狐を狙って撃った一発の銃弾は、最初に鬼坊主の清吉の腹に当たり、次に鹿蔵の右太股に当たり、最後に十蔵の左肩に当たったのだ。

その後、鬼坊主の清吉は死亡し、鹿蔵はまだ完治せず、撃った紀州屋三右衛門は、行方を暗《くら》ましていた。

こほーん！

十蔵が編笠の中で甲高い咳払いをした。

〈待ってろよ！〉

十蔵は瞼に浮かんできた、屋敷の主でもある、羆《ひぐま》のような大久保備前守の巨軀《きょく》に向かって言い放った。

〈今度こそ、お前《めえ》ら悪党一味を許しはしねえ。必ず化けの皮を剝がして、曲狂之介もろとも叩っ斬ってやるから、覚悟してやがれ！〉

十蔵は、仇である曲狂之介は紀州屋三右衛門と一緒に行動していて、その紀州屋三右衛門は、羆の勘定奉行に匿《かくま》われていると見当をつけていた。

つまり、曲狂之介を討つということは、その背後にぴったりとくっついている紀州屋三右衛門を討ち、さらに黒幕の巨魁《きょかい》、大久保備前守も討つということだった。

そのとき、十蔵が眺めていた勘定奉行の屋敷から、小銀杏《こいちょう》、巻羽織《まきばおり》、雪駄《せった》といった、一目で町方同心とわかる、三十半ばの精悍な面構《つらがま》えの男が出てきた。

〈おや、ありゃあ……〉

十蔵が編笠の中の目を大きく瞠《みは》った。

〈川獺《かわうそ》の腹心、大江一真《おおえいっしん》の野郎じゃねえか〉

川獺とは、十蔵を目の仇にしている、北町奉行所の最古参与力、狩場惣一郎《かりばそういちろう》のことだ。

〈ふん、これで役者が揃ったな〉

十蔵は躊躇《ちゅうちょ》なく、大江一真を尾行しはじめた。

〈丁度《ちょうど》いい。挨拶代わりに、ちょっぴり懲らしめてやろう〉

何も知らぬ一真は、軽い足取りで湯島天神、妻恋稲荷、神田明神、聖堂と、十蔵が来た道を戻って昌平橋を渡った。

どうやら呉服橋御門内の北町奉行所に向かっているようだ。

十蔵は橋の南詰めで追いつき、横柄な調子で声をかけた。

「ちょっと、待ちな」

「何っ、待てだと？」

腕に自信のある一真が、油断なく振り向いて、目を凄《すご》ませた。

「誰か知らねえが、町方同心を呼び止めて、辻斬りでもするつもりかい？」

「ふん、それも悪くねえがな。一真、わからねえか、おれだよ」

「ぎょっ、狐！」

気づいた一真が数歩後退《あとじさ》った。

すかさずそれを詰め、十蔵は訊いた。

「お前、羆の屋敷から出て来たな。紀州屋三右衛門と曲狂之介は、あの屋敷に匿《かくま》われているのかい？」

「し、知らない。わ、わしは、何も知らん」

「ふふふ、何も知らねえか。お前の顔にゃ、知っていると書いてあるんだがな。ところで一真、川獺は今度は何を企んでいるんだい？　羆の屋敷へは、またぞろ狐退治の相談に来たのかい？」

「げっ！」

「ふふふ、図星《ずぼし》か。そいつはご苦労なことだが、おれも今度は親の仇、曲狂之介を討つことに決めた。

その仇を匿ったりして、仇討ちの邪魔をする輩《やから》も、仇の片割れとして容赦なく叩っ斬る。

そう川獺に伝えろ。もう遠慮はしねえってな」

「ひ、ひえーっ！」

大江一真は悲鳴をあげ、脱兎《だっと》の如く逃げ去った。

二

独楽翁こと曲狂之介は、夜になるのを待って頭巾《ずきん》で白髪まじりの総髪とあばた面を隠すと、勘定奉行の屋敷の中間部屋《ちゅうげんべや》を抜け出した。

〈ぐふふふ……もう、ここも飽きたぜ〉

狂之介は、小塚原で八丁堀の狐を斬り損ねてから、ずっとこの屋敷の中間部屋に潜り込んでいた。

その間、八丁堀の狐を短筒で撃ち、同じようにこの屋敷に匿われていた、紀州屋三右衛門の用心棒をしていたのだが、その紀州屋もここが飽きたらしく、数日前から姿を見かけなくなっていた。

〈それにしても……ここでの生活は、いってえ何だったんだ〉

狂之介は胸中で呟き、夜間の通用門に向かいながら、小塚原刑場裏の空地で待ち伏せ、八丁堀の狐の胴に、「落石砕き」の一閃を見舞った瞬間の、生々しい記憶を甦らせていた。

「でりゃあーっ！」

あのとき、狂之介は、万全の体勢になって吼《ほ》えた。

そして、二十年前に狐の父、狐崎重蔵の腹を裂いた、横に薙ぐ豪剣の一閃を浴びせた。

ずしっと重い手応えがあり、ぶーんと刃音が高鳴って、ばしゃ、と肉を斬つ音がした。

「ぎゃあああーっ！」

断末魔の絶叫もあがった。

それで八丁堀の狐の胴は、一刀両断になったはずだった。

ところが両断になったのは、八丁堀の狐の胴ではなく、横合いから飛び込んできて、狐の身代わりになった手下の胴だった。

しかも手下は信じられないことに、両断された胴の上半身だけで前に飛んで、狂之介の首っ玉に齧《かじ》りついた。

〈あれにはわしも、心底から魂消《たまげ》てしまった……これまで、平然として百人を超える人を斬ってきたわしが、あろうことか、あの手下の出現には恐《おそ》れ戦《おのの》いてしまったんだ〉

そう胸中で呟いた狂之介だったが、これまでにも信じられないようなことがなかったわけではなかった。首を刎ねた死体が、胴体だけになっても、数歩走って向かって来たことがあって、そのときは腹を抱えて笑ったものだった。

狂之介は小塚原から這々《ほうほう》の体《てい》でこの屋敷に逃げ込んでからは、中間相手に酒を喰らい、賽子博奕《さいころばくち》に興じていた。だが、八丁堀の狐を斬り損なった瞬間の記憶が脳裏から去ることはなかった。

おまけに八丁堀の狐を斬り損なったのは、それが初めてではなかった。二丁町の親父橋で、川を背にした八丁堀の狐の胴に、「落石砕き」の一閃を見舞ったことがあった。

ところが、絶体絶命の窮地に立たされた狐は、突っ立った丸太ん棒を後方に倒すように、どうっと仰向けに体を倒して、間一髪、狂之介が放った横に薙ぐ刀刃《とうじん》をかわし、寝た形のまま川に落下していった。

これも正直、人間業《にんげんわざ》とは思えなかった。

八丁堀の狐は、その名のとおり狐の化身なのか。

だが、人間離れをしていることでは、狂之介も決して人後に落ちるものではなかった。

ほぼ三十年間の人斬り浪人生活で、百人を超える人を斬って地獄へ送り、その合間に三千人を超える女郎を抱いて極楽へ遊ばせたという豪《ごう》の者が、曲狂之介のほかに、それほどいるとは思えない。

〈ぐふふふ、わしはそのことに気づいたから自信を取り戻し、小塚原で胴を両断した八丁堀の狐の手下の呪縛《じゅばく》から解かれたのだ〉

狂之介は、八丁堀の狐の身代わりになって死んでしまった手下を恐れる愚かさに気づき、その手下に命を救われた八丁堀の狐を恐れることなど、さらさらないと気づいたのだった。

「おや、独楽翁さん、お珍しい。頭巾を被って、こんな刻限からどちらへお出かけですか？」

門番に訊かれ、狂之介は神妙な顔で答えた。

「湯島天神へ参ろうか、根津権現に参ろうかと、迷っており申す。はてさて、どちらがご利益《りやく》がありますやら……」

両方とも門前に岡場所がある。

狂之介はそのまま屋敷を出ると、傍若無人《ぼうじやくぶじん》な笑い声をあげた。

「がははは……久しぶりに、独楽まわしを楽しもうぞ」

狂之介は悠然とした足取りで、不忍池《しのばずのいけ》を過ぎところに延びる、根津神社前の岡場所、根津門前町の紅灯《こうとう》を目指して歩きはじめた。

六代将軍家宣《いえのぶ》公の産土神《うぶすながみ》という、徳川家に縁の深い根津神社のご威光《いこう》で、根津門前町は、寛政の改革の嵐にも廃せられることもなく、大いに繁盛していた。

狂之介は、遣手《やりて》に袖を引かれて、四六見世の「大根《だいこん》や」にあがった。

敵娼《あいかた》は、お蓮《れん》という三十過ぎの大年増で、不器量で、色が黒く、おまけに口も悪かったが、三千人を超える女郎を抱いた狂之介の慧眼《けいがん》は、お蓮の情が深く優しく、何より床上手であることを見抜いていた。

そして狂之介の目に狂いはなく、お蓮の壺を心得た客を悦ばす床《とこ》の秘技の数々は満足のいくものだった。

「よーし、今度はわしの独楽まわしで、お蓮を極楽に遊ばせてやろう」

「独楽まわし？」

お蓮が尻込みをした。

「あたしゃ、変なことは嫌だよ」

「がはははは……これまでに三千人の女郎が、随喜《ずいき》の涙を流して喜んだわしの独楽まわしが、変なことの筈《はず》がはずがねえ」

狂之介は豪放に笑うと、両手でお蓮の尻を軽々と持ちあげ、そのまま仰向けに寝て、若者のように逞しく隆起させた逸物《いちもつ》で、濡れた花弁をお蓮の背後からずぶりと貫いた。

「ひいいいーっ！」

お蓮が切なげな声をあげた。

「あ、あんた、凄いよ！」

「そうかいそうかい、凄いか凄いか！　そーらそーら、祭りだ祭りだ、独楽まわしだよ！　くるくるまわして、極楽極楽！」

狂之介は陽気な声を張りあげ、花弁を貫いた逸物を軸にして、両の掌に乗せたお蓮の尻を、独楽のようにくるくると回した。

これが桁外《けたはず》れの膂力《りょりょく》を誇る狂之介だからできる閨《ねや》の秘技「独楽まわし」で、色事の四十八手の裏表にもない荒技だった。

「あんた、いいよーう、い、いいーっ！

こ、こんなの生まれて初めてよーう！」

お蓮は何度も何度も喜悦の声をあげて極楽を浮遊している。

「そうかいそうかい、いいかいいいか！

そーらそーら、もっともっと、まわしてやるぞ！　くるくるまわして、極楽極楽！」

狂之介は絶好調だった。

がははは、と陽気に笑って、独楽まわしに拍車をかけた。

ところが、あまりにもよすぎて怖くなったのか、お蓮が見世中に聞こえるような、悲痛な叫び声をあげた。

「お願い、もう止めて、お願いよーう！　こ、これじゃ、商売、できなくなっちまうよーう！　お願い、すぐ止めて！」

「おいおい、そいつは無理ってもんだぜ」

狂之介が、下から言った。

「まわっている独楽は、急には止められねえ」

すると、お蓮が切迫した声で、楼主の亡八《ぼうはち》に救いを求めた。

「ひ、ひいーっ！　だ、誰か来て！　こ、殺される！　お、お父さーん、助けてーっ！」

どかどかと廊下を走る四、五人の足音がして、腕捲《うでまく》りをした「大根や」の若い衆が駆けつけた。

「お蓮、どうした？」

廊《へ》下から声をかけ、

「入《え》るぜ！」

と座敷の戸を開けた。

その瞬間、斬人鬼、曲狂之介の鋭い声が、雷鳴の如く轟《とどろ》いた。

「入ったら、おめえら、叩っ斬るぞ！」

ぎょっとなって蹈鞴《たたら》を踏んだ若い衆は、右手に朱鞘の大刀を掴み、左手一本で独楽まわしを続ける、狂之介の異様な姿に度肝を抜かれた。

「さあさ、まわすぞ、まわすぞ……」

狂之介が凄味のある声で言って、片手に乗せたお蓮の尻を、くるくると独楽のように回した。

「そーらそーら、もっともっとまわすぞ、極楽極楽！」

「ひ、ひぃいーっ！」

お蓮が堪らず、喜悦の声をあげた。

「や、止めないで！　あ、あっ、ま、またいくーうっ！　し、死ぬうーっ！」

お蓮はくるくると独楽のように回りながら、白目を剝いて気を失っていた。

「わっははは、これが噂の独楽まわしでございますか。お見事なものでございますなあ」

ふと見ると、布袋《ほてい》さまのような太鼓腹を抱えた、古希《こき》（七十歳）に近いと思われる老人が、にこやかに笑って立っていた。

「手前は『大根や』の楼主で、新右衛門《しんえもん》と申します……あなたさまは曲狂之介さまでございますな？」

狂之介はそれには答えず、右手の朱鞘を下に置き、両腕でぐったりとなったお蓮の体を抱いて、独楽まわしを止めた。

「どうでもいいが、見世物じゃねえんだ。そこを閉めてくれねえか」

「これはこれは、あたしとしたことが、申し訳ございません。ほれほれみんな、何を見ておるのです。仕事にお戻り。ここはあたしがお詫びをしておきますから」

太鼓腹の新右衛門は、巨体に大汗を掻いて手を振り、若い衆や女郎を追い払うと、座敷に入って戸を閉めた。

「ふーっ、今年はいつまでも暑うございますな」

「どうして……」

狂之介が、朱鞘の大刀を引き寄せた。

「わしの名を知っておった？」

「わっははは、生憎《あいにく》とご縁がなくて、これまで一度もお会いしませんでしたが、岡場所の亡八をやっていて、独楽の旦那の独楽まわしを知らなければもぐりと申せましょう。

それにしても、ずいぶんと長い間、もうかれこれ二十年くらいになりましょうか、女郎泣かせの独楽まわしの噂を、聞きませんでしたな。ですから、白目を剝いて極楽往生したお蓮が、独楽の旦那の立派な魔羅を軸にして、くるくると独楽のようにまわっている姿を見たときには、長生きをした甲斐があったものだと心から嬉しくなりましたぞ」

「ぐふふふ、新右衛門、そんな昔のことでなく、最近、何かわしのことを知ったのであろう。

隠さぬ方が身のためだぞ。わしの得意は、独楽まわしだけじゃねえんだからな」

狂之介があばた面を歪めて、朱鞘の大刀の刀柄を叩いた。

「ど、どうしてそれを……」

新右衛門が、心底から不思議で堪らないといった顔になった。

「あたしが何かへまをやらかしましたか。も、もちろん、こっちは何もかも話しますから、どうしてわかったか教えてくだされ。

歳を取ると、こういうことが何よりも気になるものでございますよ」

「よし、約束する。さ、話せ」

「独楽の旦那が二丁町で五人の旗本の子弟を斬ったという、町方が配った、手配書があるんですよ」

「町方の手配書だと？」

狂之介が、じろっと新右衛門を見た。

「嘘を申すな！　町方の仲間から、そんな話は聞いてねえぞ」

「う、嘘ではございませんが……」

新右衛門は噴き出した汗を拭った。

「あたしがいう町方とは、八丁堀の狐こと、北町奉行所与力の狐崎十蔵さまが率《ひき》いる、隠し番屋『狐の穴』のことでございます」

「なるほど、それならわかる。ところで、その手配書では、わしの名はどうなっておった？」

「名前でございますか。たしか、曲狂之介さまとあり、独楽翁、独楽の旦那とも呼ばれると、書いてあったと思います」

「ぐふふ、それがお前に約束した答えだ。

わしが独楽翁と名乗ったのは、二十年ぶりに江戸に舞い戻ってからのことで、独楽の旦那と呼ばれるようになったのもそれからのことだからな」

「そうとも知らず、あたしは『独楽の旦那』を連発した。問うに落ちず語るに落ちるとは、まさにこのことでございますな……さ、それでは独楽の旦那、八丁堀の狐が来ないうちに、どうぞ、雲を霞《かすみ》と姿を消してしまってください」

「もう狐に知らせたのか？」

「はい、仁、義、礼、智、忠、信、孝、悌《てい》を忘れた亡八者だからこそ、友との約束は大切にいたします。ですのでさっき、若い衆を一人、両国薬研堀の四つ目屋忠兵衛に走らせました」

「狐が友か？」

「はい、得難い友でございます」

「ならば、狐のためにわしを捕らえたらどうだ？」

「来たら知らせる。それが狐との約束でございます。捕らえる約束はしておりません。

それより、独楽の旦那、あの独楽まわしの妙技を、誰かに伝授する気はございませんか？」

狂之介は無意識のうちに首を横に振り、珍しい動物を見るような目になって、新右衛門の太鼓腹を眺めた。

「剣術にも柔術にも、技の伝授がある如く、岡場所の女郎を攻める閨の秘技にも、技の伝授があって然るべきです。独楽まわしのような妙技を、独楽の旦那一代で終わらせてしまうのは、いかにも惜しい。惜しすぎますぞ」

「ならば……」

狂之介がやにわに腕を伸ばすと、新右衛門の石臼《いしうす》よりも重い巨体を両手に乗せ、くるくると太鼓腹を軸にして回して見せた。

「これができる男を見つけてきたら、独楽まわしを伝授しよう」

「うーん、何という怪力」

新右衛門はくるくると回されながら驚愕の声をあげた。

「いまをときめく横綱の谷風梶之助《たにかぜかじのすけ》か小野川喜三郎《おのがわきさぶろう》を連れて来なくては、とてもこの真似はできそうもないですな」

「がははは、それに独楽ってのは、何より軸がしっかりしてねえとまわらねえ。後継者選びにゃ、それも忘れちゃ駄目だぜ」

狂之介は、新右衛門をおろすと悠然と座敷を出た。お蓮はすやすやと幸せそうな寝顔を見せていた。

三

毎年、納涼と花火見物の人で賑わう両国の川開きは五月二十八日で、三カ月後の仕舞い日である八月二十八日に夏の川遊びは終わる。

今年もすでにその三分の二が過ぎて、あと三日で中秋の八月を迎えようとしていたが、その賑わいは一向に衰えを知らぬようだった。

どどおーん！

両国の夜空にあがった花火は鍵屋《かぎや》か玉屋《たまや》か……。

紀州屋三右衛門が、勘定奉行の報《しら》せで急ぎ仕立てた屋形船は、新大橋下流の三《みつ》股《また》に浮かんでいた。風流な芸者の姿も三味線《しゃみせん》の音《ね》もなく、殺気を孕《はら》んだ場違いな空気に包まれた船の中では、折角《せっかく》の花火の音は無縁なものに聞こえた。

「拙《まず》い！　じつに拙いぞ！」

寛政の改革を主導した松平越中守定信、それを継いだ今の老中道座、松平伊豆守信明《のぶあきら》らの、田沼主殿頭《とのものかみ》意次派への追放の手は、さらに厳しさを増してきている。

羆のような図体《ずうたい》をした勘定奉行の大久保備前守正守《まさもり》が、激情に駆られたのか、にわかに立ちあがって地団駄《じだんだ》を踏んだために、ぐらっと屋形船が揺れた。

「くそう！　伊豆守めが、ついに越中守派の本性を剝き出しにしおって、主殿頭派の残党である、わしの罷免《ひめん》を決めたようだわ！」

屋形船の中には、紀州屋と、備前守に急遽《きゆうきよ》招集された一蓮托生《いちれんたくしよう》組の猛者《もさ》、独楽翁こと曲狂之介、川獺《かわうそ》こと北町与力の狩場惣一郎、その腹心の二人の同心である山崎主膳と大江一真の六人が、いずれ劣らぬ悪党面を揃えていた。

どおーん！

花火の音ではない。音に合わせて、ぐら、ぐらっと船が揺れた。

どおーん、どおーん！

羆が憤怒《ふんぬ》の形相になって拳《こぶし》で船底を叩いているのだ。

「紀州屋、何とかならぬか！　いや、何とかしろ！」

「お、大久保の殿さま、そう申されましても……」

「人斬り鬼の曲狂之介！　『落石砕き』で憎い伊豆守を一刀両断にせい」

「がははは……相手がお城にいたんじゃ、そいつは難しい。柳原土手に連れて来てくれりゃ、一閃を浴びせてやりますぜ」

「そうか、人斬り鬼も、相手が目の前におらなければ斬れまいか。ふん、どいつもこいつも役に立たぬわ」

罴は、まるで手負いの獣のように荒れ放題だった。

「こらっ！　北町与力の狩場惣一郎、一度ぐらい、わしの役に立ってみたらどうなんだ！　もし今度もまたお前が何の役にも立たなかったら、わし一人が罷免にはならぬぞ！

これまで勘定奉行のわしを後ろ盾にして、散々、私利私欲を貪ってきたお前たち三人も、必ず道連れにしてやるから覚悟するんだな！」

「ひ、ひえーっ、お許しを。な、何をやったら、よろしいんでございますか？」

視線を向けられた狩場が、後退《あとじさ》る。

「川瀬、わしが教えたら、やるのか？」

「それは……」

「やるのかやらねえのか！」

どおーん！

「さっさと返答しやあがれ！」

八九三《やくざ》の脅しも顔負けの迫力で、思い切り船底を叩いた羆の拳は血塗《ちまみ》れだった。

ぶるる！

川獺は震えあがった。

「や、やります！」

「そうか、やってくれるか。狩場惣一郎、武士に二言はあるまいな！」

「ご、ございません」

川獺が情けない声で答えると、羆は何か魂胆がありそうな満面の笑みになった。

「それじゃ、みんなも聞いてくれ。じつは伊豆守の罷免に対抗する手段が、一つだけあるんだ。頼む、川獺だけでなく、みんなも、力を貸してくれ！」

なぜか一転して羆は低姿勢になった。

「お殿さま……」

紀州屋三右衛門が半信半疑の様子で訊いた。

「それを仰《おつしや》ってみてください」

うっほん！

羆は咳払いをすると、普段の傲岸《ごうがん》な顔に戻った。

「なーに、目新しいことではない。これまでも何度も狙って不首尾に終わっていたが、今度こそ、是が非でも北町奉行の座を空けてもらいたい。そうすれば、急場に跡を継げる適任者は、わししかおらぬ。いまは目立つ動きを控えている主殿頭派の残党も、これなら大っぴらにわしを推《お》すことができるというものだ。まさにこれこそ起死回生《きしかいせい》の一手と言えようぞ」

「それは……」

紀州屋三右衛門が、乾いた声になった。

「土佐守の闇討ちでございますな」

「ひ、ひえーっ！」

川獺が悲鳴をあげ、腹心の二人も首を横に振っていた。

「ならぬぞ！」

羆が一喝した。

「いまさらやれぬとは言わせぬぞ！　土佐守と同じ奉行所内におるのだ。たとえ刺し違えてでも、やってもらう！」

「大久保の殿さま……」

紀州屋三右衛門も首を横に振った。

「それでは類がお殿さまに及びます。罷免どころか、お腹を召すことになりますぞ。狩場さまに限らず、ここにおります誰が土佐守の闇討ちに成功したところで、お殿さまの関与を疑われたらそれで終わりでございます。やはり、お腹を召すことになりましょうぞ」

「げっ、わ、わしが腹を切らねばならぬのか？」

とたんに、羆は横っ面を張られたような顔になった。

「そ、そりゃ、駄目だ。土佐守の闇討ちは見合わす。が、わしは断じて諦めぬぞ！　易々《やすやす》と勘定奉行を罷免され、無役の寄合《よりあい》入りにされて堪るか。罷免まであと三日、その間に何とか伊豆守に一矢報いてやりたいのだ！」

「それなら……」

同心の大江一真が、気負った声で言った。

「八丁堀の狐が率いる隠し番屋『狐の穴』を、伊豆守さま攻略の突破口にできませんか。ご存じのように『狐の穴』の後ろ盾は、老中首座の松平伊豆守さまです。

しかも、あそこの手下といえば名うての破落戸《ごろつき》揃いで、連中の前歴は掏摸《すり》、博《ばく》奕《ち》打ち、盗賊、女郎と、いまでも叩けば埃《ほこり》が面白いように出てくるでしょう。

さらに先日八丁堀の狐に会ったとき、狐は片腹痛くも親の仇である曲狂之介を討つと広言し、また仇を匿ったり、庇ったりする者も、仇の片割れとして容赦なく討つと豪語しておりました。

案外、これを逆手にとれば、何か罠が仕掛けられるのではないでしょうか」

「ぐふふふ、狐が親の仇のわしを討つと言ったのか。そいつは有《あ》り難《がて》え！　これまで二度も狐を斬り損ねておるから、今度こそ三度目の正直で、わしの『落石砕き』をお見舞いして、返り討ちにしてくれようぞ」

曲狂之介が、あばた面を歪めて笑った。

「はてさて、他人事ではございませんな」

紀州屋三右衛門は、好戦的な面構えになっていた。

「八丁堀の狐は、どれほど当時の真相を知っているのでございましょうか。つまり、討つという仇の中に、われらも入っているのかどうか、そいつを知りたいものですな」

「二十年前……」

羆が川獺に訊いた。

「狐はいくつだった？」

「いま三十歳ですから、あの時は十歳でした」

「まだそんな餓鬼《がき》だったのか。それでは何もわからぬな。

わしはいま当時のことを思い出しておるが、あのとき北町奉行所与力の狐崎重蔵を斬ったのは、紛れもなくここにおる、人斬り鬼の曲狂之介だった。そして金を渡して斬るように依頼したのが、紀州屋、おぬしだったな」

「はい、曲さまに百両でお願いしました。そのわたしに狐崎重蔵を始末せよと仰ったのが、大久保の殿さまでございましたぞ」

「ふふふ、わしは主殿頭さまにそっと耳打ちされたのよ」

「左様でございましたな。あの時は狐崎重蔵を始末することで周りの利害が完全に一致しておりました。

大がかりな賄賂絡《まいない》みの不正を摘発されようとしていたわれらだけでなく、主殿頭さまも、北町奉行の曲淵甲斐守《まがりぶちかいのかみ》さまも、徒《いたずら》に正義を唱える狐崎重蔵には手を焼いていて、誰一人として排除することに異を唱える者はおりませんでした。

お奉行の甲斐守さまがお呼びだと、狐崎重蔵をまんまと死地に誘い出したのが、同じ与力仲間の狩場惣一郎さまでございましたな。

これなど、実際に斬った曲狂之介さまより、深い恨みを買うのではないでしょうかな」

げほっ！

川瀬が怯えたように咳をした。

「すなわち……」

紀州屋三右衛門が、手首のない右手を振って語気を強めた。

「ここにいる全員が、親の仇とその片割れとして、八丁堀の狐に討たれるということです。こうなったら討たれる前に、全員で返り討ちにするしか方法がございますまい。

それが結果的には『狐の穴』退治にも繫がって、後ろ盾の伊豆守に大打撃を与え、土佐守を北町奉行の座から追い払えることになるかもしれないのです」

「紀州屋、そこまで申すからには、当然、策も用意しておろうな？」

羆が興奮して飛び跳ねたので、船がぐらぐらと揺れた。

「さ、早く申せ！　あと三日しかないのだぞ！　簡単で、確実で、完璧な策でないと、間に合わないぞ！」

　ごっほん！

　紀州屋三右衛門が、痰《たん》を切ってから川獺の腹心の二人の同心に向かって言った。

「山崎さまと大江さまに、八丁堀の狐が率いる隠し番屋『狐の穴』の手下だと名乗って、町方に弱味がありそうな料理茶屋や岡場所を派手に強請《ゆす》って歩いてもらいます。

　ふふふ、お二人とも、お手のものでございましょう？」

「まあな……それで？」

　名前を呼ばれた二人は、硬い表情で先を促した。

「執拗《しつよう》に何度も強請って回ってください。相手は音をあげ、やがて堪忍袋の緒が切れて怒りだす者が現れ、ついには刃向かって来る者が出るのを待って、ばっさりと八丁堀の狐に斬らせるのです。

　むろん、実際に斬るのは覆面で面体を隠した曲狂之介さまで、狐が得意とする馬庭念流の『雷光の剣』で、真向唐竹割《まっこうからたけわり》にしてしまうという趣向《しゅこう》です。

　そこで狩場惣一郎さまは、八丁堀の狐と『狐の穴』の手下を追いながら、その極悪非道ぶりを言い触らすのです。これがこの策の肝《きも》ですから、狩場さま、派手に言い触らしてくださいよ。

さてこれで八丁堀の狐と、隠し番屋『狐の穴』の評判は地に堕ち、さらに瓦版で江戸中にその極悪非道ぶりが広まれば、当の八丁堀の狐はもとより、狐の上役の土佐守と、『狐の穴』の後ろ盾の伊豆守も、その座が安泰とはいかないでしょう。

そして、怒り心頭でやって来るであろう、八丁堀の狐とその手下を待ち伏せ、曲狂之介さまの『落石砕き』と、この紀州屋三右衛門の短筒で返り討ちにしてしまうのです。あとはお殿さまが、呉服橋御門内の北町奉行所の役宅へ引っ越す段取りとなるのですが、ふふふ、この策、いかがでございましょうか？」

「紀州屋、悪くないぞ！　いや、面白い！　最高の策だ！　それならわしが北町奉行になれるぞ！」

羆は興奮して叫んだ。

「よし、やるぞ！　山崎と大江！　強請った金はみんなお前たちのものだ！　手当たり次第に搾《しぼ》り取ってやれ！」

これには山崎主膳と大江一真が大喜びした。すっかりやる気になって、断固とした口調で叫んだ。

「われらはいつも、八丁堀の狐に苦汁を飲まされて参りました。この際、その借りを一気に返してやりましょう!」

一堂に会している六人の気持ちが固まった。

どどどおーん!

そんな六人をけしかけるように、ひときわ大きな花火の音が聞こえた。

「ぐふふふ……」

曲狂之介が不気味に笑い、紀州屋を見た。

「わしを柳橋でおろしてくれ」

「どうしますので?」

「二十年ぶりに、柳原土手で辻斬りをしてみたくなった。八丁堀の狐の真似をして、真向唐竹割に人を斬ってみるのよ。

ついでに夜鷹に独楽まわしをしてやるとしよう」

四

「若!」

玄関から用人の磯村武兵衛《いそむらぶへえ》の大声が聞こえた。

「狸穴《まみあな》さまがお見えですぞ！」

「おう、通せ！」

十蔵は怒鳴り返した。

先代からの孤崎家用人である武兵衛は、十蔵が「奥さま」を娶《めと》るまでは「旦那さま」とは呼ばず、何歳になっても「若」と呼び続けるつもりのようだ。

今日も、母の千代と妹のお純は、二丁町へ芝居見物に出かけていた。

「狐崎さま……」

白髪を町人髷《まげ》に結った隠密廻り同心の狸穴三角《さんかく》が、飄々《ひょうひょう》とした姿で部屋に入ってきた。

「大変でございますぞ」

十蔵は黙って頷き、先を促した。が、三角は何やら迷っている様子だ。

「どうした？」

「はい、どちらを先に話そうかと……」

「なんだ、大変《てえへん》が二つもあるのか？」

「はい。二つとも狐崎さまにとっては、一大事の出来《しゅったい》でございますぞ」

「それなら、おれがここをすぐに飛び出さなくてもいいほうからにしてくれ」

「ではこちらから先に話しましょう。

　今朝、お奉行がそっと囁いてくれたのですが、八丁堀の狐の最大の敵、勘定奉行の大久保備前守が今月限りで免職になるそうです。むろん、免職の断を下したのは、『狐の穴』の後ろ盾である、老中首座の松平伊豆守さまでございます」

「それはよかった。目出度《めで》えことじゃねえか」

　こほーん、と甲高い咳払いをした。

「それのどこが一大事なんだい？」

「罷免が決定するまでに、今日を入れてまだ三日もあるということです。

　田沼派残党の筆頭格である大久保備前守は、その三日の間にあらゆる手を尽くして、罷免を撤回させようとするでしょう。

　勘定奉行の一味が、起死回生の非常手段に訴えることも充分に考えられます」

「一味とは？」

「狐崎さまもよくご存じの、短筒の紀州屋三右衛門、『落石砕き』の曲狂之介、北町奉行所の古参与力、狩場惣一郎らのことです」

「まったく懲りねえ連中だぜ……で、何をやる？」

「連中にとって一番手っ取り早いのが、伊豆守さまの暗殺です。この三日のうちに暗殺に成功すれば、とりあえず勘定奉行の罷免はなくなります」

「まさか、おれを狙ったように、短筒や『落石砕き』で、三河吉田の殿さまを狙うというんじゃねえだろうな」

「連中も狙えるものなら狙いたいでしょうが、伊豆守さまの周囲の警戒も厳重なはずですから、まずは無理でしょう。

それで連中は次善の策ということで、北町奉行の小田切土佐守さまを標的にするでしょう。土佐守さまの暗殺です。

もしこれに成功すれば、大久保備前守は勘定奉行から北町奉行に横滑りといった形になります」

「ふん、そんなべらぼう、おれが許さねえ」

「ご心配は無用です……」

三角は会心《かいしん》の笑みを浮かべた。

「この三日間、お奉行の身辺には幾重にも目に見えぬ網を張り巡らせ、鼠一匹、近づけさせません。

それより、お奉行は狐崎さまが率いる『狐の穴』のことを心配しておられますよ」

「どうして？」

「『狐の穴』の後ろ盾は、伊豆守さまです。もし『狐の穴』に不祥事が発生したら、その累がご老中首座の伊豆守さまに及ぶということです。

当然、勘定奉行の一味も、そこを衝いてくるでしょう」

「なるほど、そいつは一大事《いちでえじ》だ。気をつけよう……で、三角、もう一つの一大事ってのは何でえ？」

「はい、昨夜、柳原土手に辻斬りが出ました」

「別に珍しくもあるめえ……」

気負って訊いた十蔵は、とたんに気のない声になった。

「あそこは昔から夜鷹と辻斬りの名所だ」

「それが、同じ辻斬りに別々の場所で三人も斬られたんです。

一人目の若い八九三《やくざ》は、浅草御門と新シ橋の間で、一刀両断、見事に真向唐竹割にされていました。

二人目の岡場所の女衒《ぜげん》は、新シ橋と和泉橋の間で斬られ、これも真向唐竹割でした。

　三人目の破落戸《ごろつき》浪人は、和泉橋と筋違御門の間で、刀を抜いて応戦したようですが、これまた見事に真向唐竹割にされてしまいました」

「さ、三人とも……」

　十蔵の舌が縺《もつ》れる。

「真向唐竹割にされたというのか？」

「はい、しかもその辻斬りは大胆不敵にも、『おれは八丁堀の狐だ！』と名乗り、『世のため人のために人間の屑を斬り捨てた！』と叫んだそうでございます」

「誰か知らねえが、小癪《こしゃく》な真似をしやがって……」

　十蔵は刀を摑むと、すぐに屋敷を飛び出していた。

「柳原土手へ行くぞ！」

　三角が小走りで追いかけながら訊いた。

「これも連中の仕業ではないでしょうか？」

「違うな。もし連中の仕業なら、辻斬りの正体は曲狂之介ということになる。が、曲狂之介の『落石砕き』は横に薙ぐ剣だ。縦に一太刀する真向唐竹割のような洒落《しゃれ》た剣は遣えねえ！」

「それでも、辻斬りを狐崎さまの仕業に見せかけるためなら、慣れない剣も遣ってみせるんじゃないでしょうか？」

「うーむ」

十蔵は唸って、慎重に考えながら口を開いた。

「あの化物爺いのことだ。それくれえのことは平然とやってのけるかもしれねえな。

じつはな、三角、おれは親の仇である曲狂之介を討つ覚悟だと、川獺の腹心の大江一真に言ってやったことがある。

当然、そのことは曲狂之介の耳にも届いたはずだ。これがそれに対する答えだと考えりゃ、こんなわかりやすいものはねえぜ。

曲狂之介は、おれたちにだけ通じる手段で、親の仇が討てるものなら討ってみろ、返り討ちにしてくれようと、伝えてきやがったに違《ちげ》えねえ。まったく、憎い爺いだぜ！」

「そのこと……」

三角が、不安そうに訊いた。

「千代さまはご存じなのですか？」

十蔵の母、白面金毛九尾の狐こと千代の幼馴染みで、千代より一つ年上の狸穴三角は、父重蔵が斬られたときの複雑な事情とその後の経緯を、ある程度まで知っているようだった。

そして白面金毛九尾の狐が、声高に仇探しを叫ばなかった代償に、狐崎家が存続しているといった現実にも理解を示しているようだった。

つまり、十蔵が公然と親の仇を討ったら、狐崎家の存続が危うくなる恐れがあるということだ。が、十蔵はそんなことは知っちゃいねえと思うことに決めていた。

「子が親の仇を討つのに……」

十蔵は歌うように言った。

「誰に憚《はばか》ることがあるんでえ！」


十蔵と三角は、古着屋の露店が並ぶ柳原土手の、浅草御門と新シ橋の間の八九三が斬られた場所と、新シ橋と和泉橋の間の女衒が斬られた場所を見てから、和泉橋南詰めの広場に着いた。そこに岡っ引きの伊佐治《いさじ》と、夜鷹蕎麦屋の七蔵《しちぞう》が待っていた。

夜鷹蕎麦屋の七蔵は、毎夜ここに屋台を据えて蕎麦を商《あきな》っているのだった。

「七蔵、お前《めえ》……」

十蔵が声をかけた。

「昨夜《ゆんべ》もここに出ていたのかい？」

「へい、出てやした」

「それじゃ、何か見たかい？」

「それが面目ねえことに、新シ橋のほうから来てここを通ったんでしょうが、辻斬り野郎の姿には気がつきやせんでした。

ですが、筋違橋の方から聞こえて来た、辻斬り野郎の声は、聞き漏らしやせんでしたぜ」

「何と言った？」

「へい、辻斬り野郎は、隠し番屋『狐の穴』の手下のあっしが聞いているとも知らずに、狐の旦那の澄んだ声とは似ても似つかぬ嗄《しゃが》れ声で、『おれは八丁堀の狐だ！』と叫ぶじゃありやせんか。

それを聞いて、あっしゃ、吃驚仰天《びっくりぎょうてん》して、腰が抜けそうになりやしたぜ……」

七蔵は面白そうに笑った。

「それであっしゃ、この野郎、ふざけやがって、と素っ飛んでいったんですが、すでに浪人が真向唐竹割に斬られたあとで、辻斬り野郎は大刀を肩に担いで、『世のため人のために人間の屑を斬り捨てた！』と叫びながら逃げていくところでした」

「そうか、ふふふ、大刀を肩に担いで逃げていったか……」

大刀を肩に担いで去っていくのは、斬人鬼曲狂之介の特徴と一致していた。

「あっしゃ、その逃げていく後ろ姿を、ちらっと見ただけですが……」

七蔵は、頭を小さく振りながら続けた。

「その後ろ姿を、どこかで見たような気がして、仕方がねえんですよ。ところがそれをどこで見たのか、どうしても思い出せねえんです。

くそっ、これを思い出しゃ、きっとお役に立てるとわかっているのに、狐の旦那、あっしゃ、悔しい。やっぱり島返りの頭ってのは、島呆けしちまってるんでしょうかね」

こほーん！

十蔵が甲高い咳払いをした。半ば狐に憑《つ》かれたような状態になって、何か突拍子もないことをする合図だった。

「きええーっ！」

案の定、十蔵は裂帛の気合いを発すると、馬庭念流「雷光の剣」の一閃を七蔵の頭上の空間に浴びせてきた。

「ひゃーっ！　な、何をするんです！　危ねえじゃねえですか！」

七蔵は肝を潰して喚《わめ》き、頭を抱えて尻餅をついた。

「あ、あ、あっ、思い出しやした！　狐の旦那、あの後ろ姿をどこで見たか思い出しやしたぜ！」

とたんに七蔵が満面の笑みになった。

「あ、あの辻斬り野郎は、二丁町の親父橋で狐の旦那を斬り損ない、その八つ当たりで五人の仲間の首を刎ねて、悠然と刀を担いで立ち去った、独楽翁とかいう化物爺いですよ。絶対に間違いありやせん。

狐の旦那の名を騙《かた》った、あの辻斬り野郎は、狐の旦那の親の仇、化物爺いの曲狂之介に間違いありやせん」

「七蔵、ありがとうよ。よく思い出してくれた」

「へい、しかし、勘弁してくだせえよ。いきなり斬りつけられて、あっしゃ、寿命が三年縮みやしたぜ」

「あははは、ど忘れの特効薬にはあれが一番だ。脳味噌がでんぐり返って、眠っていた記憶が目を覚す。ところで……」

十蔵が、目を伊佐治に転じた。

「さっきから気になっていたんだが、この先にいるのは猪吉たちじゃねえのか？」

「左様《さよう》です。猪吉、鹿蔵、蝶次の三人は、昨夜、浪人が斬られた場所を中心にして、その周辺の聞き込みをやっておりやす」

「ほおーっ、おれがまだこれを『狐の穴』でやると決めてねえってのに、もう聞き込みをやっているのか。大《てえ》したもんだ。すっかり一人前《めえ》になりゃがったぜ」

「へい、そのことなんですが……」

伊佐治は小さな体で背伸びをして、三人を手招いた。

「最近、狐の旦那は冷たくなって、あっしら手下に声をかけてくださらねえと、猪吉、鹿蔵、蝶次が嘆いてやしたぜ」

「あははは、伊佐治、まさかお前までが、そう思っているんじゃねえだろうな」

「へい、あっしは一応、狐の旦那のお気持ちはわかっているつもりでいやす」

「それならいい。あらためて言うまでもねえが、仇討ちはあくまでも狐崎家の問題だ。お前らを巻き込むわけにゃいかねえし、おれの親父の重蔵も、おれがお前らの手を借りて、寄ってたかって仇を討ったと知ったら、彼岸《あっち》へ行ってから勘当されちまう」

「そういう理屈は、お武家《さむれえ》なら、すとんと腑に落ちるんでしょうが、あっしも七蔵とっつぁんも猪吉たちも、生憎《あいにく》とお武家じゃねえんで、すとんと落ちるどころか、どうにもこうにも引っかかってしょうがねえんですよ」

そこへ猪吉たちが駆けて来たので、伊佐治の口調が変わった。

「おっと、三人が戻って来やした。あの嬉しそうな顔は、何か収穫があった顔ですぜ。

どうしやす、狐の旦那？　まさか、手塩にかけて育てた三人の手下の、折角の手柄の芽を摘むような真似は、なさらねえでしょうね」

「あははは、伊佐治、さすがだな。痛《いて》えところを突いて来やがるぜ。だがな、おれの決心は揺るがねえ。諦めるんだな」

「さっきも言いやしたが、あっしはわかっているつもりです。が、この若い三人は、意外に手強《てごわ》いですぜ。何しろこいつら三人の姐御《あねご》は、狐の旦那も頭があがらねえ、弁天お吉なんですから」

ぶるる！

わけもなく十蔵の背を戦慄《せんりつ》が走った。

猪吉、鹿蔵、蝶次の三人が、十蔵の前に畏《かしこ》まった。

「ご苦労！」

十蔵が、三人を労《ねぎら》う。

「ところで鹿蔵……お前、足はもう大丈夫《でえじょうぶ》なのか？」

「へい、まだ前みてえには走れやせんが、歩くだけなら平気です」

韋駄天《いだてん》の鹿蔵の答えた声は明るかった。

「そりゃよかった。が、無理は禁物だぞ。さて、猪吉、お前はまたずいぶんと嬉しそうな顔をしているが、何かいいことでもあったのかい？」

「へい、辻斬りの正体がわかりやした」

猪吉が声を弾ませた。

「そいつは狐の旦那もよく知っている野郎ですぜ」

「へえーっ、猪吉、そいつは凄《すげ》えな！

おれの名を騙《かた》って、立て続けに三人も真向唐竹割にした辻斬り野郎は　一体《いってえ》、どこの誰なんでえ？」

「狐の旦那、驚かねえでくだせえよ。その辻斬り野郎は、これまでに旦那が二度も斬られそうになった『落石砕き』の遣い手の化物爺いで、おまけに狐の旦那の親の仇である、独楽翁こと人斬り鬼の曲狂之介でございました」

「へえーっ、こいつは驚いたぜ。猪吉、どうしてそれが、お前らにわかったんだい？　そいつをおれに教えてくれねえかい」

するとと得意顔の蝶次が、おもむろに口を開き、あとは一気呵成に喋った。

「柳原岩井町の裏長屋に、亀吉《かめきち》という還暦《かんれき》を過ぎた爺さんが住んでいやす。この爺さん、この柳原土手で四十年間、夜鷹と客の交合《まぐわい》の覗き見を、一日として欠かしたことがないという、その道の豪の者でして。

その亀吉爺さんが見たというんです。浪人を真向唐竹割にした辻斬りが、

『おれは八丁堀の狐だ！　世のため人のために人間の屑を斬り捨てた！』

と大刀を肩に担いで大声で叫びながら、亀吉爺さんの前を通り過ぎていったかと思うと、すぐに覆面をとって何食わぬ顔で戻って来て、夜鷹を買ったのを。

しかも亀吉爺さんは、覆面をとった辻斬りのあばた面に見覚えがありやした。二十年くらい前までは、毎晩のように柳原土手に姿を現して、辻斬りをしたり、夜鷹を買ったりしていた、愛嬌があって憎めないところもあった、凄腕の人斬り

鬼の曲狂之介だったというんです」

「おいおい、蝶次、ちょっと待ってくれ。人を三人も真向唐竹割にした辻斬りの曲狂之介が、のこのこと舞い戻って来て、夜鷹を買ったというのかい?」

これにはさすがの十蔵も驚いて、半信半疑の口調になった。

「曲狂之介は五十路《いそじ》の爺いだぜ。いくらなんでもそれはねえだろう。亀吉爺さんの見間違いじゃねえのかい?」

「へい、あっしもそう思ってくどいほどたしかめたんですが、亀吉爺さんは絶対に見間違いじゃないと断言しやした。

それというのも夜鷹を買った辻斬りが、曲狂之介にしかできないという、閨の秘技『独楽まわし』を、夜鷹相手にやって見せたというんです。

亀吉爺さんは目を潤ませ、生きている間に再び見ることはないと諦めていた、祭りみたいに陽気な曲狂之介の『独楽まわし』を覗き見することができて、もういつ死んだって本望だと大感激のありさまでした」

「蝶次、その『独楽まわし』ってのは、どんな閨の秘技なんだい?」

「へい、信じられねえんですが、こうやって両手に夜鷹の尻を乗せて仰向けになり、後ろから番《つが》って逸物を軸にして、陽気に囃し立てながら、くるくると尻を回すというんです。

『そーらそーら、祭りだ祭りだ、独楽まわしだよ！　くるくるまわして、極楽極楽！』という調子です。

昨夜の曲狂之介の『独楽まわし』のお囃子も、二十年前のままだったそうです」

うーん！

これには十蔵だけでなく、一緒に聞いていた三角も伊佐治も七蔵も、思わず唸り声をあげていた。

五

「蝶次、面白い話を聞かせてくれて有り難うよ」

十蔵は、どことなく他人行儀な口調になった。

「猪吉と鹿蔵も、よくやってくれた。有り難うよ。お蔭で昨夜《ゆんべ》の辻斬りが、おれの親の仇の曲狂之介であることが明々白々となった。

あの化物爺いが、おれの名を騙って辻斬りをしたのも、親の仇を討てるものなら討ってみろと、あからさまにおれを挑発しているんだ。

　そこでおれは、化物爺いの挑発に乗って、親の仇を討つことにした。

　だから、この件は『狐の穴』じゃ、やらねえことにする。お前らはもう、聞き込みの必要はねえってことだ」

　すると、一番若い蝶次が、泣きそうな顔になった。

「狐の旦那、もう、おれたちは用なしなんですか？」

「そうじゃねえが、仇討ちは狐崎家の問題だ。お前らを巻き込むわけにゃいかねえんだ」

「そんなこと言ったって……」

　泣きべそをかいた蝶次が、顔を真っ赤にして必死に食いさがった。

「姐御が心配しちまって、おれたちゃ、とても見ちゃいられねえんですよ。

　狐の旦那、お願《ねげ》えだ。おれたちにも手伝わせてくだせえ。

　狐の旦那は、親の仇討ちだから、おれたちは関係ないというけど、おれたち、身内じゃなかったんですかい？

　お吉姐御は、おれたちの姉貴で、狐の旦那は、おれたちの兄貴じゃ、なかったんですかい？

それともこれは、おれたちの勝手な思い込みで、狐の旦那はおれたちを、只の手下と思っていただけなんですかい？」

「そ、そんなことはねえぜ……」

蝶次の思いを聞いた十蔵は、たじたじとなった。

「おれは『狐の穴』の仲間は、みんな身内だと思っているし、ことにお吉の弟分だったお前ら三人は、ずっと弟のように思ってきた。嘘じゃねえ」

「だったら……」

今度は、蝶次は感極まったような泣き声になった。

「狐の旦那の親なら、おれたちにとっても親で、狐の旦那の親の仇なら、おれたちにも親の仇になるんじゃ、ねえでしょうか。

お願えです。おれたちにもどうか、手伝わせてくだせえ」

「お、おれも……このとおり、お願いしやす」

鹿蔵も、声を詰まらせ、頭をさげた。

「あっしもお願いしやす。それから、お吉姐御の性分じゃ……」

猪吉は三人の最年長らしく、十蔵を脅すことも忘れなかった。

「いくら狐の旦那が止めたって、あっしらを連れて曲狂之介を討ちにいきやすぜ」

「そうか、おれたちゃ身内だったな……」

十蔵は折れるしかなくなった。そうしなければ、お吉は何をするかわからなかった。

「仕方ねえ、お前らにも手伝ってもらうことにするが、一つだけ約束してくれねえか」

「なんでしょう?」

猪吉がしてやったりの顔になった。

「おれがどんな窮地に陥っても、北八の真似だけは絶対にやらねえでくれ。これだけは約束してもらうぞ。ありゃ、自分が斬られるより辛《つれ》えものなんだ」

「わかりやした、そんなときゃ、あっしらは手出しをせずに、旦那が斬られるところを黙って見ているようにしやす。どうか、安心してくだせえ」

「あはは、伊佐治、それもなんだか寂しいぜ。せめて、棍棒くらいは投げて、おれが斬られるのを妨害してもらいてえもんだ」

「そんなことより、狐の旦那が先に『竜巻落とし』なり『雷光の剣』を発揮して、片づけちまえばいいんですよ。しっかりしてくだせえ」

「わかった。が、お前ら、これから何が起こっても、おれを恨まねえでくれよ……」

十蔵の目の奥で、ゆらりと狐火が揺らいだ。

「これはおれの勘だが、今度ばかりはおれの手に負えそうもねえような、何か途方もなく悪いことが起りそうな気がして仕方がねえんだ。そして残念なことに、おれのこの手の悪い勘は、滅多に外れたことがねえ。

ほら、さっそく向こうから、出役姿の川獺《かわうそ》が捕り方を率いて、意気揚々とやって来やがったぜ」

十蔵が指差すほうを見ると、川獺こと北町奉行所与力の狩場惣一郎が、陣笠、火事羽織、野袴といった物々しい姿で、三十人余りの捕り方の先頭に立っているのが見えた。

「どうも妙ですな……」

三角が言った。

「今日は腰巾着《こしぎんちゃく》の二人の同心、山崎主膳と大江一真の姿がない。その代わり、定町廻り同心の六人が一緒におります」

「たしかに妙だ……」

十蔵は近づいて来る、小銀杏、着流しに巻羽織り、紺足袋《たび》に雪駄の六人の同心、竹塚一誠《たけづかいっせい》、樋口亮介《ひぐちりょうすけ》、岩村千蔵《いわむらせんぞう》、輪島正吾《わじましょうご》、西田東作《にしだとうさく》、南崎健二郎《みなみざきけんじろう》の姿を眺めた。

その中の若手の三人で、十蔵の幼馴染みでもある、正吾、東作、健二郎は、硬い表情で俯き、十蔵と目を合わせようとしない。どうやら先輩同心の三人から命じられ、意に反することをさせられようとしているようだ。

つまり、長いものには巻かれろで、定町廻り同心の六人は、古参与力の川獺の指揮下に入らされ、十蔵たちを召し捕りに来たようだった。

「伊佐治……」

十蔵が、小声で言った。

「お前《めえ》ら、逃げろ」

「へい、旦那は？」

「おれと三角はここに残って、こいつで川獺に挨拶をしてやる」

十蔵は、三尺五寸（一〇五センチ）の特製の十手を取り出すと、ぶんと振って肩に担いだ。

「狐の旦那、大丈夫《でえじょうぶ》で？　あの様子じゃ、辻斬りってことで、うむを言わせず召し捕るつもりですぜ」

「なーに、仮にもおれと三角は、町方与力と同心だ。同じ与力の川獺風情が無闇《むやみ》矢鱈《やたら》と縄を打つことはできねえはずだ。さ、早く、お前らは和泉橋を渡ってしまえ！」

十蔵は伊佐治、七蔵、猪吉、鹿蔵、蝶次の尻を叩いて、神田川の対岸の佐久間町方向へ逃がした。

「お、おのれ！」

川獺の怒号が聞こえた。

「に、逃がすな！　追えーっ！」

どどっと三十人余りの捕り方が駆けて来た。

「北町与力の川獺《かわうそ》どの……」

十蔵が躍り出て、橋の手前で仁王立ちになり、大手を広げて見得を切った。

「なぜおれたちを召し捕ろうとするのか、その理由《わけ》を聞かせてもらいやしょうか。

正当な理由も知らずに駆り出され、八丁堀の狐に神田川に叩き込まれたんじゃ、捕り方の方々が、余りにも気の毒すぎやしませんか？」

すると一斉に捕り方の足が止まった。

「御用、御用！　神妙にしろ！」

口々に声だけをあげている。

「ええい、黙れ、黙れ！」

狩場惣一郎が、苛立って叫んだ。が、いつもとは別人のように張り切っていた。

「痴《し》れ者の狐崎十蔵！　往生際が悪いぞ！　お前がその口で『おれは八丁堀の狐だ！』と名乗って、『世のため人のために人間の屑を斬り捨てた！』と、何の罪もない三人の人間を、馬庭念流『雷光の剣』で真向唐竹割にしたことは、数多くの証言で明らかになっておる。それをいまさら知らぬ存ぜぬとは見苦しいぞ。観念して神妙に縛《ばく》につけ！」

そして定町廻り同心を振り向いて叱責を浴びせた。

「竹塚一誠、おぬしら六人は何をしとるか！　さっさと、昨夜の辻斬り、八丁堀の狐こと狐崎十蔵を召し捕らぬか！」

「狩場さま、お待ちください！」

すかさず三角が、歳に似合わぬ大声を放った。

「昨夜の辻斬りは狐崎さまではなく、八丁堀の狐の名を騙った、人斬り鬼の曲狂之介の仕業でございますぞ！

考えてもみなされ。どこの世に辻斬りをするのに、たとえ通り名にせよ『おれは八丁堀の狐だ！』などと名乗る莫迦《ばか》がおりましょうか！」

「ええい、黙れ、黙れ、隠密廻り同心の狸穴三角！

そう思わすのが、八丁堀の狐の狡賢《ずるがしこ》いところだが、そんなものにわしは誑《たぶら》かされはせぬわ！

ついでだから教えてやるが、人斬り鬼の曲狂之介の『落石砕き』は横に薙ぐ剣だ。曲狂之介が、縦に走る剣を遣って、真向唐竹割に人を斬ったという話など聞いたこともないわ！

ところが八丁堀の狐はこれまでも何度か、馬庭念流の『雷光の剣』を遣って、真向唐竹割に人を斬っておるではないか！

どうだ、狐と同じ穴の狢《むじな》の狸穴三角、これでもまだ昨夜の辻斬りが、八丁堀の狐ではなく、人斬り鬼の曲狂之介だったと申すか！」

うむ！

三角が唸ったとき、思わぬ助っ人がのっそりと現れた。

「わしは昨夜の辻斬りを見たよ」

覗き見の亀吉爺さんだった。

「驚いたことに、とっくにどこかで死んだものと思っていた、あばた面の曲の旦那が、二十年ぶりに柳原土手に戻ってきて、浪人者を頭から股まで一刀両断、真向唐竹割にしてしまったんだ。

そして嬉しいことに、曲の旦那は何食わぬ顔で夜鷹を買って、二十年前とすこしも変わらぬ、祭りのように賑やかで楽しい秘技『独楽まわし』をやって見せてくれたんだ。

いひひひ、旦那方にも見せてやりたかったねえ。ほら、いま思いだしても涎《よだれ》が垂れてきそうだよ。

そういうわけで、昨夜の辻斬りは、あっちの白髪の爺さんが言うとおり、曲の旦那に間違いねえ」

「お、おのれ下郎が、出鱈目《でたらめ》を申しおって……」

川獺が、いきなり抜刀した。

「お上に楯突く不埒《ふらち》者は、わしが成敗してくれよう！」

「ひ、ひえーっ！」

亀吉爺さんは悲鳴をあげて腰を抜かした。

「い、命ばかりは、お、お助けを！」

「ならぬぞ！　そこへ直れ！」

川獺が刀を振りあげる。

「おい、いくらなんでも、そりゃねえだろう」

十蔵は跳躍し、十手で川獺の刀を叩き落とすと、胸倉を摑んだ。

「よ、よくも邪魔しおったな！　狐、許さぬぞ！　その手を離さぬか！」

川獺は大声で喚《わめ》くが、起倒流柔術の「竜巻落とし」を見舞うつもりでいる十蔵が、摑んだ組み手を離すはずもない。

「ふん、これが川獺の臭《にお》いかい？」

くんくんと鼻を動かしてみせた。

「はじめて近くで嗅いでみたが、魚の腸《はらわた》が腐ったみてえな嫌な臭いだな。こりゃ、鼻がひん曲がりそうだぜ」

「おのれ、おのれ、おのれーっ！」

川獺がいまにも卒倒しそうな剣幕で切れぎれに怒鳴る。

「な、何も知らずに、いい気になりおって！　八丁堀の狐、もうお前はお終いだ！

くそっ、調子に乗りおった罰を受けるがいい。何もかも奪われるがいい。何もかもだぞ！

ええい、離さぬか、は、早く、この手を離せ！」

「そうかい、そうかい、それじゃ、空に放してやろう」

十蔵は呼吸をはかり、「竜巻落とし」をかけた。

「でりゃーっ！」

川獺の体が宙に高々と舞う。

「うわあぁーっ！」

絶叫をあげた川獺は、火事羽織も脱げ、陣笠も飛ばし、錐揉み状になって落下してきた。

このまま地上に激突すれば、首の骨を折ってしまう。

それがわかっている川獺の配下の捕り方、定町廻り同心たちが、ごくりと唾を呑み込んだ。

すかさず十蔵は、さっと足を飛ばして川獺の首の後ろを払う。

どすん！

川獺は背中から落ち、うーんと一声唸って白目を剝いた。

「それじゃ、川獺が寝ている間に……」

十蔵は亀吉爺さんを助け起こすと、三角に声をかけた。

「おれたちゃ、姿をくらますとしようぜ」

「狐崎さま、お待ちください！」

定町廻り同心筆頭の竹塚一誠が行く手に立ち塞がった。

「念のため、お腰のものを拝見できませぬか？」

竹塚は、まだ十蔵が辻斬りではないかと疑っているようだ。

「お断りだ……」

十蔵が臍《へそ》を曲げた。

「どうしても見たきゃ、おれに刀を抜かせりゃいい。もっともおれは刀を抜いたら、斬らずにゃおかねえがな」

「狐崎さま、何か刀を見せられない、ご事情がおありなのでしょうか？」

「そりゃ、あるぜ」

「それを仰ってください」

「どうしてもか」

「はい、伺いましょうか」

「それじゃ話すが、じつはな、おれの大刀は二十年前に斬られて死んだ親父の形見で、刀工の名もわからなきゃ、むろん銘もねえといった、頑丈な造りとよく斬れることだけが取柄の、実用一点張りの代物なんだ。だから人を斬るとき以外は、恥ずかしくて人に見せられねえのよ。

それからこいつは余計なことだが、二十年前におれの親父を斬ったのが、昨夜の辻斬りの曲狂之介なんだ。奴はおれの名を騙って辻斬りをして、親の仇が討てるものなら討ってみろと、おれを挑発してやがるんだ。

竹塚、お前はこれでもまだ、おれの大刀が見てえかい？」

「いえ、もう結構でございますが……ふふふ、まんまと狐に化かされたような気がしないでもありませんな」

定町廻り同心の竹塚一誠は、首を横に振りながら苦笑した。


その夜、山谷堀にも辻斬りが出現し、吉原帰りの遊客が二人、見事に一刀両断、真向唐竹割にされて絶叫をあげ、同時に夜空に谺《こだま》した辻斬りの大音声を大勢の人が耳にした。

「おれは八丁堀の狐だ！　世のため人のために人間の屑を斬り捨てた！」

それからすぐに、斬られた二人はいずれ劣らぬ血も涙もない因業な金貸しだったとわかって、人々の間から拍手喝采が湧いた。

第二章　一人芝居

一

　だあーん！

　静寂《しじま》を破って銃声が轟き、登城支度で屋敷を出た直後の勘定奉行大久保備前守の駕籠を、一発の銃弾が貫いた。

「ぎゃあーっ！」

　備前守の絶叫があがった。

　何者かが狙撃した凶弾が命中したようだ。

　備前守は駕籠の中で血塗れになり、羆《ひぐま》のような巨体を丸めて、呪詛《じゅそ》の言葉を吐いていた。

「おのれ、伊豆守……そんなにわしが憎いか……主殿頭派の残党のわしが、そんなに怖いのか！」

その声が不気味な猛獣の唸り声のように周囲に響き渡り、駕籠脇の供侍《ともざむらい》が、怯えたように口々に叫んだ。

「と、殿！　しっかりなされ！」

「一大事だ！　殿が撃たれたぞ！」

「駕籠を囲んで殿を護れ！」

「は、早く、駕籠を戻せ！」

「門を開けろ！」

銃声と供侍の声に、屋敷の中からも殺気立った家臣が飛び出して来て、あたり一帯が騒然となった。

「曲者はどこだ！」

「あ、あそこ、町屋の屋根に人がいるぞ！」

「追え！　逃がすな！」

「よせ！　遠すぎる！　深追いするな！」

「それより医者だ！　早く医者を呼べ！」

「これ、無用に騒ぐでない！」

四十半ばの重厚な風貌の用人、石川兵庫《いしかわひょうご》が駆けつけてきて、狼狽する家臣を叱った。

「みな、屋敷内に戻れ！　誰か、そこの汚れを洗っておけ！」

やがて勘定奉行の屋敷前に静寂《せいじゃく》が戻り、備前守が流した血の痕も綺麗《きれい》に掃き清められた。が、それで騒ぎが終わったのではなく、本物の騒ぎが始まったのは、それからだった。

先ず、真っ先に医者の松庵《しょうあん》が呼ばれた。

銃弾は備前守の臀部《でんぶ》を貫通していた。

ざっくりと右の尻の肉を削がれて大量に出血したが、血管の損傷などはなく、命には別状ないということだった。

「お殿さま、しばらくは歩くことも、座ることも、仰向けに寝ることもできません。が、それも長くはございません。どうかご辛抱ください」

松庵が重々しい声で言ってから、感じ入ったような笑みを浮かべた。

「それにしても、大久保のお殿さまは稀《まれ》に見る強運でございますな。こんな当たりどころのいい銃創《じゅうそう》を見たのは、はじめてでございます」

「うふふ、当たりどころがいいか」

備前守が、枕を抱いて俯せに寝ながら含み笑った。

「しかし、本当に強運ならば、狙撃などされぬのではないかな。わしはあらぬ恨みで白昼堂々と鉄砲で命を狙われた、稀に見る運の悪い人間なのだぞ」

「本当に運が悪かったら、上から飛んできた弾丸が臀部に届くまでに、途中にある頭か、心の臓か、腹に命中してしまっていたでしょう。

やはり、大久保のお殿さまは、とても運の強いお方でございますよ」

「うふふふ、松庵に言われているうちに、わしもそんな気になってきた……松庵、おぬしこそ稀に見る名医のようだ。お蔭でわしは元気になれたぞ」

にこやかに笑った備前守は、松庵が出て行くと、用人の石川兵庫を呼んでにわかに表情を厳しくした。

「兵庫、わしが狙撃されたこと、ご老中にお知らせしたか？」

「はい、即刻、使者を走らせました」

「それから？」

「……と申しますと？」

「ご老中のほかは、どこへ知らせた？」

「まだ、どこへも……」

「莫迦者！　お前にはまだわからないのか！」

備前守が、腹這いの姿勢で怒鳴り、うっと顔を歪めた。そして傷口に響かぬような、ゆっくりとした口調になった。

「兵庫、何度も言ったように、このまま手を拱《こまね》いていたら、明日にもわしの罷免が決まってしまう。

大久保家が無役になれば、いくら腹心の兵庫といえども、浪人せざるを得なくなるのだぞ。むろん、わしが北町奉行になって、お前が内与力として活躍することも、儚《はかな》い夢に終わってしまう。

兵庫、それでいいのか？」

「そ、それは困ります」

「ならばなぜこの狙撃を、神がわしらに与えてくれた、千載一遇《せんざいいちぐう》の好機にしないのだ」

「……と申しますと？」

「くくく、わからぬか……この狙撃を、伊豆守の仕業にしてしまうのよ。

伊豆守が主殿頭派の残党のわしを憎んで、勘定奉行の罷免だけでは飽きたらず、銃でわしを狙わせて、わしに瀕死《ひんし》の重傷を負わせた。もしこれを主殿頭派の残党の方々が知ったらどうなるか。おそらく伊豆守は、迂闊《うかつ》にわしの罷免を決定できなくなるのではないかな」

「わ、わかりました！」

用人の石川兵庫は、重厚な風貌を紅潮させ、力強く言い放った。

「主殿頭派の残党の方々への使者は、余人には任せられません。即刻、わたしが行って参りましょう」

「そうか、くれぐれも伊豆守が背後にいると匂わすことを忘れるでないぞ。ついでに伊豆守の背後には越中守がいるようだと、それとなく匂わせばより効果がある」

備前守は亀のように首だけあげて注意を与えると、出て行く石川兵庫に、紀州屋三右衛門を呼ぶように言った。

「うふふふ、当たりどころがいいか」

備前守は、一人になってから呟いた。

「松庵め、どきっとさせやがって……。気づいたわけではなさそうだったが、藪《やぶ》医者《いしゃ》の松庵でよかった。もし具眼《ぐがん》の医者であったなら、おそらく自分で撃ったと、見破られていたであろうな」

まさに苦肉の策だった。

それというのも、勘定奉行の罷免を目前にしての策として、曲狂之介の辻斬りと、「狐の穴」の一員に扮した山崎主膳と大江一真の強請《ゆすり》だけでは、老中首座の伊豆守と北町奉行の土佐守を失脚させるには、いまひとつ何かが不足しているような気がしていたのだ。

それで、一度は断念した、伊豆守と土佐守の闇討ちを再検討してみたが、やはり、真っ先に疑われるという結論に達した。

闇討ちに成功しても、露見したら元も子もないのだ。

そのとき、ふと、もし自分が撃たれたら、伊豆守と土佐守が疑われると閃いて、自作自演の狙撃劇を思いついたのだった。

知っているのは、短筒の持ち主である紀州屋三右衛門だけで、用人の石川兵庫にも相談しなかった。

決行は今朝の登城時と、すぐに決まったが、どこを撃つかで迷った。

頭、心の臓、腹は論外で、手か足か、右か左か、なかなか決められなかった。

さらに紀州屋三右衛門に、しっかり脅されて備前守は余計に迷った。

「大久保の殿さまも、わたしが八丁堀の狐を撃ったときにご覧になったように、この短筒の威力は絶大です。あのときも一発の弾丸が、鬼坊主の清吉の腹、狐の手下の鹿蔵の太股を通過し、ようやく狐の肩で止まりました。今度は至近距離から、しかも銃口をくっつけるようにして撃つのですから、手や足の骨は粉々になってしまうと思ったほうがいいでしょうな」

それで、見た目は格好が悪いが、骨のない尻を撃つことに決めたのだった。

「大久保のお殿さま、此度はとんだご災難で……」

その紀州屋三右衛門が、見舞い客を装って部屋に入って来て、誰もいないのをたしかめてから小声になった。

「ふふふ、お殿さま、命懸けの一人芝居を、見事に成し遂げられましたな。首尾至極にございます。こちらもお言いつけどおり、お殿さまが撃たれて洩らした『おのれ、伊豆守……そんなにわしが憎いか……主殿頭派の残党のわしが、そんなに怖いのか！』という呪詛のような言葉が、浅草広小路、上野広小路、両国広小路で広まるように手配をして参りました」

「それは、ご苦労。で、どうだ、この策は旨《うま》くいきそうか？」

「大久保の殿さまが体を張って勝負をなさったのです。旨くいかぬわけがないでしょう。すくなくともこれで、当面の勘定奉行の罷免は回避できるのではないでしょうか」

「そうか、そうか、罷免を回避できるか」

備前守は満足そうな表情になった。

「伊豆守さまは呪詛の言葉の噂があるうえに、尻を撃たれたお殿さまの滑稽《こっけい》な姿をご覧になれば、罷免を言い渡すのを躊躇《ためら》うはずでございます」

「うふふふ、どうやら意表を突いて自分を撃った策が功を奏したようだな」

「それにしても痛かったでしょうな」

「いや、熱かったぞ。そうだ、これを返しておこう」

備前守は懐《ふところ》に隠しておいた短筒を渡した。

「ところで紀州屋、辻斬りと強請のほうはどうなっておる？」

「はい、こちらも順調と言えましょう。

辻斬りの曲狂之介は、八丁堀の狐の名を騙って、柳原土手で三人、山谷堀で二人を真向唐竹割にしております。

それを受けた川獺が、尻に火がついたような勢いで動いていて、柳原土手では狐を召し捕り損ないましたが、本日も土佐守の許しを得た六人の定町廻り同心を従えて、『狐の穴』を探索する手筈になっております」

「うふふふ、土佐守も辛いところよの。辻斬りが声も高らかに北町与力の『八丁堀の狐』と名乗っていれば、その真偽《しんぎ》を確かめるために出動する川獺を制止する術《すべ》がないということだろう。

うふふふ、これでようやく川獺も、河童《かっぱ》に成長しおったわ。で、その配下の同心、山崎主膳と大江一真の強請《ゆすり》のほうも、順調に運んでおるのか？」

「こちらは欲も絡んでおります。しかも、公然と『狐の穴』の仕業にできるのですから、文字どおり寝る間も惜しんで、金を毟《むし》りとっております。

そのうち八丁堀の狐と『狐の穴』は、料理茶屋と岡場所から手酷《てひど》いしっぺ返しを受けることになるでしょうな」

「紀州屋、運を呼び込むとは、こういうことをいうのかな」

「……と仰いますと？」

「そうではないか。昨日までのわしらは八方ふさがりで、何をやっても旨く事《こと》が運ぶことがなかった。

ところが、たった一発の銃弾を自分の尻に撃ち込んだだけで、がらりと運が好転しはじめた。

これからはわしらのやること成すことが旨く運び、これまで順風満帆の勢いを見せていた老中首座の伊豆守、北町奉行の土佐守、北町与力の八丁堀の狐が、凋落《ちょう　らく》の一途を辿ることになるだろう……紀州屋、愉快よのう！」

「あははは、仰るとおりでございます。この紀州屋三右衛門も、大久保のお殿さまの運にあやかって、もう一花咲かせそうでございますぞ」

そのとき、にわかに屋敷内が騒がしくなり、顔色を変えた家臣が飛び込んできた。

「どうした？」

備前守が日向ぼっこをしている亀のように首をあげて訊いた。

「た、只今、上さま（十一代将軍家斉《いえなり》）のご名代が、殿のお見舞いに参られました！」

「な、何と上さまのご名代が……！」

備前守は目を丸くした。

「そ、それもいの一番に参られるとは……こ、こりゃ、大変だ。幕臣はもとより、三百諸公が、こぞって真似をするぞ！」

備前守の嬉しい悲鳴は的中した。その日は終日、門前から見舞客の駕籠が途切れることがなかった。

座敷にうずたかく積み上げられた豪華な見舞品の山の中には、伊豆守と土佐守からの見舞品も混じっていた。

二

十蔵は心底《しんてい》から怒っていた。

見る人が見れば八丁堀の狐とわかる、編笠、着流し、特製の長十手で肩を叩くといったお馴染みの格好をわざとして、山谷堀に着いたところだ。

〈曲狂之介！〉

胸中で名を呼んだ。

〈なぜだ？　なぜ無用な殺戮《さつりく》をする？〉

心配顔でついて来る伊佐治と七蔵の報告によると、昨夜も曲狂之介は、「おれは八丁堀の狐だ！」と名乗り、二人の吉原の遊客を真向唐竹割にして、「世のため人のために人間の屑を斬り捨てた！」と叫んだという。

十蔵は胸中で、曲狂之介を思い切り罵《ののし》っていた。

〈人を斬りたきゃ、なぜ自分《おのれ》の名で斬らぬ？　百人を超える人を斬った斬人鬼が、いまさらなぜ人の名を騙る？

人斬り鬼の矜持《きょうじ》を捨てて、金で川獺に魂《たましい》を売ったのか！

見損なったぞ、曲狂之介！　そんな屑に斬られたと、父重蔵まで汚す気か！

お前にはもう、おれの親の仇の資格はねえ、いますぐ薄汚ねえ悪党として叩っ斬ってやる！

曲狂之介、さっさと出て来やがれ！〉

野良犬が、十蔵の放つ殺気に怯えて、尻尾を巻き、きゃいん！

一声高く鳴いて逃げていった。

「狐の旦那……」

伊佐治が日本堤のほうを見ながら言った。

「吉原の亡八がやって来やすぜ」
七、八人。

ばらばらっと、襷《たすき》、鉢巻《はちまき》、長脇差《ながどす》の喧嘩支度で駆けてきて、十蔵、伊佐治、七蔵を取り囲んだ。

「こいつは……」

十蔵が、とんとんと十手で肩を叩く。

「何の真似だい？」

機嫌の直った声だった。

亡八相手に一暴《ひとあば》れして、憂さ晴らしをする気のようだ。

「もちろんお前《めえ》ら……」

念のために訊いた。

「おれを八丁堀の狐と知ってのことだろうな」

「その八丁堀の狐が、昨夜《ゆんべ》、吉原《なか》の客を二人、ここで辻斬りにした。知らねえとは言わせねえぜ！」

「おれは知らねえな」

「と、とぼけるな！　みんなが聞いてんだ。おれは八丁堀の狐だと名乗った声を、ここらのみんなが聞いてたんだよ！」

「ふん、いつから辻斬りは、人を斬る前に名乗るようになったんだい。願わくば、本名を名乗ってほしいが、どう思う」

「し、知るか、そんなこと！　旨いこと言って逃げようったって、そうはいかねえぞ」

「誰も逃げるとは言ってねえ。が、お前らの相手をするのはおれ一人だ。手下の二人に手を出したら、本物の馬庭念流『雷光の剣』で真向唐竹割にするぜ。その斬り口を一目見りゃ、昨夜の辻斬りが真っ赤な贋者《にせもの》とわかるんだが、どうでえ、誰か試してみねえかい」

「ふ、ふざけんな！」

一人が長脇差を抜き放った。

「やっちまえ！」

ほかの七人も、ぎらり、ぎらりと抜き放った。

「伊佐治、七蔵……」

十蔵は川を背にして、三尺五寸の特製十手を構え、二人に言った。

「離れて見物してな。この八人は、おれの客だ。横取りをしたら破門にするからな」

「くそっ、舐めやがって、喰らえ！」

びゅっ！

亡八が長脇差を振ってきた。

ぶん！

十蔵の十手が大気を裂いた。

キイーン！

長脇差が折れ、きらっと刃が飛んだ。

ぶん！　ぶん！　ぶん！

さらに十手が三回鳴り、
キイーン！　キイーン！　キイーン！

次々と長脇差が折れていく。

「ふ、振るな、刀を振るんじゃない！　突け、みんな一緒に、刀を突き出すんだ！」

さすがに吉原の亡八は喧嘩を知っていた。が、もう遅い。すでに半数の四人の長脇差が折れてしまっていた。

十蔵は跳躍し、亡八の輪に飛び込むと、残る四本の長脇差を持った腕に十手を見舞った。

がつん！　どすん！　ごきん！　ぐしゃん！

骨を砕かぬように手加減して叩く。これで長脇差を手にした亡八は一人もいなくなった。

「まだやるかい？」

十蔵は訊いた。

「おれの得意は柔術なんだがな」

相手になれと催促していた。

「な、舐めんな！」

今度はきらっと匕首《あいくち》の刃が煌《きら》めいた。

亡八は、長脇差とは別に匕首を懐に呑んでいたようだ。

これだから亡八は油断がならない。

「でりゃーっ！」

突いてきた匕首を持った手を手繰《たぐ》って、さっと腰を跳ねあげ、十蔵は起倒流柔術の必殺技、「竜巻落とし」をかけた。

「うわおおーっ！」

亡八のひとりが匕首を持ったまま悲鳴をあげて宙に舞いあがり、錐揉み状になって川に落ちていった。

どぼん！

十蔵は背中に水音を聞きながら、眼前の七人に備えた。

「狐崎さま……」

横合いから聞き覚えのある、落ち着いた声をかけられた。

「それくらいで勘弁してやっていただけませぬか？」

振り向いた十蔵は、声の主を見て微笑んだ。

「おう、芙蓉屋《ふようや》か、こいつは悪いところを見られてしまったようだ」

吉原の惣名主、江戸町一丁目にある大見世の楼主、芙蓉屋甚左右衛門《じんざえもん》だった。

「辻斬りに名を騙られて、むしゃくしゃしてたんで、ちょっと若い衆と遊ばせてもらった。が、こんな酔狂《すいきょう》をやらずに、最初から辻斬りが誰か教えてやったほうがよかったかな」

「狐崎さまは辻斬りの正体をご存じなので？」

「辻斬りは柳原土手で顔を見られている。しかも二十年前、柳原土手では相当に知られた悪党だった」

「左様でございましたか。しかし、それを先に言っても、この盆暗《ぼんくら》どもは聞く耳を持たなかったでしょう。改めて辻斬りが誰か教えていただけますか？」

「曲狂之介という斬人鬼だ」

芙蓉屋甚左右衛門は驚いたように目を瞠《みは》った。

「まさか！」

「おや、知っているのか？」

「古くからの色里の人間で、独楽まわしの曲狂之介を知らぬ者はいないでしょう。

ですが、それは二十数年も前のことで、とっくの昔に誰かに斬られたか、どこかで野垂《のた》れ死んだものと思っておりました。

なにしろ、あの浪人は当時から柳原土手や山谷堀で辻斬りを繰り返しておったのですよ。本当にあの曲狂之介なのでございましょうか？」

「ああ、紛れもなく曲狂之介だ。二十年ぶりに江戸に舞い戻ってきた、独楽まわしも健在な化物爺いだよ」

「そうですか。それなら曲狂之介も老いて鈍《どん》したようでございますな。わたしが知っていたころの曲狂之介は、稀代の悪党ながら人の名を騙って辻斬りをするような、そんな卑劣な真似のできる男ではございませんでした」

「しかり！」

十蔵が、わが意を得たりとばかりに声を張った。

「おれはそれを怒っているんだ。

ようやく巡り会えた親の仇には、やはり立派な悪党でいてほしい。それでなくては、仇の討ち甲斐《がい》ってものがなくなってしまう」

「親の仇とは？」

芙蓉屋甚左右衛門が怪訝そうに訊いてきた。

「二十年前《めえ》……」

十蔵はさらりと答えた。

「曲狂之介はおれの父、北町奉行所与力の狐崎重蔵を闇討ちにした」

「なんとまあ！」

さすがの芙蓉屋甚左右衛門も驚愕の声をあげた。

「その狐崎さまを斬ろうとした盆暗どもはいかがいたしましょうか？　簀巻《すまき》にして、大川に沈めましょうか？」

「あははは……さっきも言ったはずだぜ。おれは若い衆に遊んでもらっただけだ。それじゃ、迎えが来たようだから、おれは行くぜ」

十蔵は目の端に、今戸橋を潜ってくる、薬研堀の船宿「湊屋《みなとや》」の船頭、新作《しんさく》が漕ぐ猪牙舟《ちょきぶね》を捉えていた。


猪牙舟を漕ぐ新作が、陸《おか》の十蔵の姿を見つけて、船から声を張りあげた。

「狐の旦那、大変《てえへん》です！」

新作も「狐の穴」の一員だ。

「四つ目屋忠兵衛が、捕り方に踏み込まれやした！」

「何だと？」

十蔵は目を剝いた。

「また川獺か？」

「はい、そうです……」

新作が船を岸に着け、陸の十蔵を見あげて早口になった。

「川獺は四半刻ほど前、六人の定町廻り同心と、三十余人の捕り方を引き連れ、四つ目屋忠兵衛に踏み込んできたそうです。

あっしは賄《まかない》の徳蔵《とくぞう》さんから知らされ、猪牙舟を素っ飛ばして旦那を迎えに参《めえ》りやした」

「そうか、ご苦労。新作、乗るぜ！」

十蔵は川に向かって跳躍した。

起倒流柔術の受身の要領で、くるりと宙で一回転し、すとんと猪牙舟の上に立つ。

ぐらり！

小さな船が揺れたので、足を踏ん張った。

「新作、急いでくれ！」

そして陸を見あげて叫んだ。

「伊佐治、七蔵、先に行ってるぜ！」

猪牙舟は、まるで手負いの猪《いのしし》が疾走するような勢いで大川を下った。

「徳蔵は、店に誰が残っていたか言わなかったか？」

十蔵は風と波の音に負けぬ大声で新作に訊いた。

「はい、それを狐の旦那に伝えてくれと言われやした……店には、主人の四つ目屋忠兵衛、お美代、お茂、徳蔵さんと、いつもは魂胆遣曲《やりくり》道具を担いで行商に出ている、猪吉、鹿蔵、蝶次さんの三人がいたそうです。が、あっという間に捕り方に取り囲まれ、庭にいた徳蔵さんだけがかろうじて逃げ出せたそうです」

「そうか、猪吉たちがいたのなら何とか凌《しの》ぐだろう。で、徳蔵はほかに何か言ってなかったか？」

「そういえば、捕り方は踏み込んで来るなり、いきなり『狐の穴』の入口に向かったと言ってやした」

「とうとう『狐の穴』の入口も、川獺に見つけられたか」

十蔵は臍を噬《か》む。まさか昨日の今日で、踏み込まれようとは夢にも思わなかった。が、迂闊《うかつ》だった。

昨夜も山谷堀で、八丁堀の狐を名乗った辻斬りがあったのだから、川獺がそれを口実にして踏み込んでくることは想像できたはずだった。

川獺の狩場惣一郎は、昨日の「竜巻落とし」を喰らって気絶をした意趣返しに、四つ目屋忠兵衛とその地下にある「狐の穴」に踏み込んだのだろうが、かつてないその強気の姿勢がいつも以上に気になった。

両国橋を潜った猪牙舟は、薬研堀の船宿「湊屋」の桟橋に着いた。

「新作、今日は何が起るかわからねえ。女将《おかみ》に言って、いつでも出られるように待機していてくれ」

「へい、わかりやした」

そう言い置いてから、十蔵は四つ目屋忠兵衛の店に近づいた。予想していたような、店の内外を見張っている捕り方の姿がない。

〈もしや……〉

胸騒ぎがした。

〈みんな連れていかれてしまったのか。もしそうなら、北町奉行所へ殴り込んでやるぞ！〉

勝手口の戸が開いていたので、そっと押して中に入った。

誰もいない。

店を覗いて、かっと頭に血が上《のぼ》った。

捕り方が何かを探して徹底的に家探しをしたように、店中の棚がひっくり返され、土足で踏み荒らされた床には、四つ目屋の商品である、閨の媚薬《びやく》の「長命丸《ちょうめいがん》」「女悦丸《にょえつがん》」、「帆柱丸《ほばしらがん》」、閨の秘具の「張形《はりがた》」「りんの玉」などが散乱していた。

〈お吉！〉

十蔵は声を呑んだ。

その中央で、お吉が泣いていた。

ぺたりと床に座って、声を洩らさずに泣きながら、のろのろとした動作で、商品を一つずつ拾っては、手で埃《ほこり》を払っている。

見てはいけないものを見たような気がして、十蔵はそっと店から離れ、狐の穴の入口にまわった。

「狐の旦那！」

蝶次が追いついてきた。

「川獺は入口の場所を知ってやしたぜ。ここに出入りしている誰かが密告したんでしょうか？」

「それはねえ」

十蔵は即座に首を横に振った。仲間はとことん信じている。

「これまで『狐の穴』には、何人もの悪党を目隠しをして連れて来たじゃねえか。

もしおれなら、目隠しをされていても、地下室への入口がどこにあるかぐらい、見当をつけられるぜ。蝶次、方向感覚が抜群のお前ならどうだい？」

「あっしは目隠しをされていても、一度通った道なら間違わずに辿ることができます」

「それみろ。石川島の人足寄場《にんそくよせば》へ行きゃ、ここへ連れて来た悪党どものうち、罪の軽かった連中が、五人や十人はいるはずだ。川獺がその気になりゃ、簡単に調べることができる。

それで川獺は何を探していたんだ？」

「へい、それなんですが……」

蝶次が地下室への階段をおりながら答えた。

「川獺は、山谷堀の辻斬りとして召し捕るつもりだった狐の旦那がいないとわかると、四つ目屋忠兵衛では閨の媚薬と称して、ご禁制の麻薬『稲妻《いなずま》』を密売していると言い放って、捕り方にその探索を命じたのです」

「稲妻」は阿片が主成分でできている粉末の呑む麻薬で、一包が十六文という安価のうえ、稲妻が走るような即効性があったから、女郎、夜鷹、人夫、文人、役者などに、疲労回復、興奮剤、強精剤として人気があった。が、やがて、幻覚、幻聴を伴う阿片中毒になり、終《しま》いには廃人になってしまう。

「なんて汚い真似をしやがる！　それで店があんなに引っ掻きまわされていたんだな」

「それが、店だけじゃ、ねえんです」

蝶次は憤慨した口調で言うと、先に立って「狐の穴」の道場に入った。

「な、何てこったい！」

続いて入った十蔵が、目を剝いて叫び、怒髪《どはつ》天を衝いた。

「おのれ、川獺め、許さねえぞ！」

捕り方の手によって、神棚が叩き落とされ、柔術の稽古畳が乱雑に裏返され、簞笥《たんす》、行李《こうり》、手文庫《てぶんこ》の中味がぶちまけられ、押入の布団や衣類は切り裂かれていた。

稲妻探索の名を借りた無制限の破壊であり、徹底した嫌がらせだ。

目には目を歯には歯をで、このまま駆け出していって、八丁堀の狩場惣一郎の屋敷に押し込み、ここと同じように特製の長い十手で神棚を叩き落とし、簞笥、行李、手文庫の中味をぶちまけ、押入の布団を切り裂いてやりたい怒りが抑えきれない。

きりきりっ！

十蔵の歯が鳴った。

「姐御の歯軋《はぎし》りは……」

蝶次が悲しそうに言った。

「もっと大きな音でした」

十蔵は虚を衝かれた気がした。店を破壊された主のお吉のほうが、ずっと悔《くや》しいはずなのだ。

「そうか、お吉の歯軋りは、もっと大きかったか」

十蔵の頭に上っていた血が、すうーっと引いていった。

三

「蝶次、一体《いってえ》何があった？」

十蔵が訊いた。

「あの負けん気の強いお吉が、店を壊されたくれえで、あんなふうに泣くとは思えねえ。

一体、何がお吉をあんなふうに怒らせ、あんなふうに悲しませたんだ？」

「川獺は家探しをして、『稲妻』が出てこないとわかると、突然、お吉姐御を召し捕れと叫んだのです」

蝶次は声を震わせ、お吉が川獺に浴びせられた罵詈雑言《ばりぞうごん》の数々を口真似してみせた。

「その女は浅草奥山の女掏摸《すり》、弁天お吉だ！　ついでに弟分の猪吉、鹿蔵、蝶次の三人もふん縛れ！

ふん、何が四つ目屋忠兵衛だ。盗っ人のくせに笑わせるな！　三つ子の魂百までといって、いまも掏摸をしているに決まっておるわ！　間抜けな八丁堀の狐は、色仕掛けで騙せても、わしは騙されぬぞ！

それっ、女掏摸の弁天お吉と、三人の弟分に縄を打て……川獺はそう捕り方に命じたのです」

蝶次が悔しそうに唇を歪め、首を横に振ったあと、すこし表情を和らげた。

「さすがにこれには、定町廻り同心の若手の三人、南崎さま、輪島さま、西田さまが、いくら何でも乱暴すぎると川獺を諌《いさ》めてくれました。

すると川獺は矛先を南崎さまたちに転じ、八丁堀の狐に与《くみ》するような輩は、直《ただ》ちに定町廻り同心を免じて、物書き同心にしてくれると、それはそれは物凄い剣幕で怒鳴りました。

そして、女掏摸一味を見逃すことなど断じてならぬぞと念を押し、勝ち誇ったように、大声で命じたのです。

『即刻、お吉、猪吉、鹿蔵、蝶次の四人を召し捕って大番屋へ引っ立てろ！　その代わり、八丁堀の狐が出頭して、辻斬りを認めたら、この四人を放免してやろう！』と。

その瞬間、お吉姐御の体が、びくんと小さく跳ねるのがわかりました。

姐御は川獺の懐に飛び込む気になったのです。

掏摸の要領で懐に飛び込んで、川獺の脇差を奪い、刺し殺す決心をしたのです。

川獺たちは誰一人それに気づいた様子はありませんでした。

姐御の決心に気づいたのは、おれの他には、猪吉兄《あに》い、鹿蔵兄いの二人だけでした。

おれたちは間髪容れずに、川獺と姐御の間に体を移して、姐御の動きを封じました。

そして姐御に代わって、おれたち三人が川獺の懐に飛び込み、刀を奪って、滅多斬りにしてやる決心を固めたのです。

じりっ、じりっ、じりっ！

おれたちは三方から川獺に詰め寄りました。

姐御は、おれたちの意図に気づくと、一瞬、悲しそうな顔になり、すぐに、にこっと微笑みました。

『四人でやりましょう！』

姐御の優しい微笑みは、そう言っていました。

おれたちも微笑んで、まさに川獺の懐に飛び込もうとしたとき、その出鼻を挫《くじ》くように、川獺の腹心の同心、山崎主膳と大江一真が、顔色を変えて駆け込んで来て、何やら川獺に告げたんです。

すると川獺は仰天して、おれたちに見向きもせず、逃げるように引きあげていってしまいやした。お吉姐御があんなふうになったのはそのときからなんです」

ふうーっ。

十蔵は、蝶次の長い話を聞き終わると、大きな安堵の溜息を吐いた。

危ないところだった。

もし川獺の腰巾着の二人が来なかったら、お吉たちは川獺を殺し、四人ともその場で斬られていただろう。

むろん、「狐の穴」の頭《かしら》である十蔵は切腹。後ろ盾の三河吉田の殿さまも無事ではすまない。くわばら、くわばら。これだからお吉から目が離せない。

「蝶次、川獺が何を聞いて仰天したか、わかるか？」

「それはまだ……」

蝶次が首を横に振った。

「わからねえか。それなら、伊佐治と七蔵も来ているはずだから、そいつを調べてみちゃくれねえか。おれはお吉に声をかけてみる」


十蔵は再び店に戻った。

お吉は依然、ぺたりと床に尻を落とし、さすがにもう泣いてはいなかったが、のろのろとした動作で、手が届く範囲にある「長命丸」「女悦丸」「帆柱丸」を拾いあげ、手で埃を払っていた。

「お吉、どうしたい。いつものお前《めえ》らしくねえぜ」

びくん！

お吉の体が跳ねた。

ぶるる！

肩が震えた。

「あ、あんた！」

急にうわあーと声をあげて泣きだした。

「わっちは悔しい！」

泣きながら、お吉は夜叉《やしゃ》の形相になった。

「わっちは川獺を殺すよ！」

激しく声を震わせる。

「わっちのことなら、何を言われたって我慢ができる。でも、猪吉、鹿蔵、蝶次を、こんなにいい子になっているのに、三つ子の魂百までと、いつまでも盗っ人呼ばわりするのを、わっちは絶対に許すことができない！」

「あんな屑《くず》野郎！」

店の隅から猪吉が叫んだ。

「姐御が出るまでもありやせんぜ。おれたち三人の弟分できっちりと地獄へ送ってやりやす。そうだよな、鹿蔵！」

「そうですぜ、姐御、川獺退治は、おれたちでやります！」

「あははは……お前《めえ》ら、勝手な真似は許さねえぜ！」

十蔵は哄笑してから、店を揺るがすような大音声を発した。

「川獺はおれの親の仇の片割れだ！　いいかい、お前らも知っているだろうが、この世に恨みの種類は数あれど、無条件に最優先にされるのが親の仇だ。だから川獺はおれが退治する！　もし横取りしやがったら、お前らだろうが容赦しねえから、そのつもりでいろよ」

「あんた、わかったよ。わっちゃ、いつだってあんたの邪魔はしないさ」

お吉が嬉しそうな笑顔になった。それから猪吉と鹿蔵を叱った。

「何だね、男のくせに、いつまでもぐずぐずしていて！　さっさと店を片づけたらどうなのさ」

「へい、すぐ片づけやす！」

猪吉と鹿蔵は、お吉の笑顔を見て安堵したらしく、活発に動きだした。

そこへ、聞き込みに出かけたばかりの、伊佐治、七蔵、蝶次が戻ってきた。

「早《はえ》えな！　もうわかったのかい？」

「へい、すでにそこの両国広小路でも噂になっていやした。驚かねえでくだせえよ……」

伊佐治は勿体《もったい》をつけた。みんなが注目すると、ぴくっと伊佐治の右頰の疵痕が、海老のように跳ねた。

「今朝、勘定奉行の大久保備前守が、登城支度をして駕籠で屋敷を出たところを、町屋の屋根から狙撃されて、瀕死の重傷を負ったそうですぜ」

「な、何と！」

十蔵が、素っ頓狂な声をあげた。

「あの羆《ひぐま》が撃たれたのか！　川獺も総大将の羆が撃たれたんじゃ、素っ飛んで帰《けえ》ったはずだぜ。八丁堀の狐や、弁天お吉どころではないということだろう。

それにしても、一体、誰が羆を撃ったんだろう。おれは羆は撃つ側の人間だとばかり思っていたぜ」

「それなんですが、妙な噂も一緒に流れていやすぜ」

「妙な噂？　そいつは何でえ」

「へい、勘定奉行が撃たれたときに駕籠の中で、『おのれ、伊豆守、そんなにわしが憎いか、主殿頭派の残党のわしが、そんなに怖いのか』と苦しげに、しかも大声で叫んだというのです」

「ふーむ、そいつは面白《おもしれ》えな……」

十蔵が唸ってから長考しはじめた。やがて、こほーんと甲高い咳払いをし、ゆらりと目の奥に狐火を灯した。

「ふふふ、『おのれ、伊豆守……』か、羆もそこらへんで止めときゃ、よかったのだ。その後の長台詞《ながぜりふ》が、せっかくの見事な蛇の絵に足を描いたようなもので、ついでに馬脚も現してしまったな」

「どういうことです？」

伊佐治が首を捻った。

「ふふふ、わからぬか、この狙撃は羆の狂言だ。嘘っぱちだよ」

「う、嘘っぱちって、羆が撃たれたのは本当ですぜ。ちゃんと医者にも診せているし、見舞客も後を絶たないようです」

「それじゃ、自分で撃ったんだろう」

「じ、自分で撃ったって。銃はどうしたんです？」

「あの屋敷には、鬼坊主の清吉と、鹿蔵と、おれが撃たれた、紀州屋三右衛門の短筒があるじゃねえか」

「そ、そうでした。が、どうして羆は、そんな狂言をしたんです。自分で自分を撃った目的が、あっしにゃ、わからねえ」

「ふふふ、伊佐治、お前《めえ》は難しく考えすぎだぜ。自分で自分を撃った羆は、『おのれ、伊豆守……』と、その目的をはっきりと口にしているじゃねえか。

羆はそう大声で叫ぶことで、あたかも伊豆守さまが、この狙撃に関係があるかのように、周りに思わせようとしたんだよ。

そうすることで伊豆守さまを牽制し、あわよくば失脚させようと企んだのだろうが、その後の台詞《せりふ》が不自然に長くて、おれは狂言だと見破ることができた。

ふいに撃たれた直後に、あんな長台詞を叫ぶ芸当が、芝居役者の蝦蔵《えびぞう》ならいざ知らず、羆あたりにできる道理がねえんだよ。

つまり『おのれ、伊豆守……』という羆の叫びは、練習を重ねた挙げ句の台詞だったんだ。これで狙撃が狂言だったという証《あかし》にならねえかい」

ぱちぱちと、伊豆守の隠し子であるお吉が手を叩いた。

「立派な証よ。さすが狐の旦那ね。これで羆は痛い思いをしたうえに狂言が露見して、ざまあみろってことになるんでしょう」

「むろん道理では、そうならなきゃおかしいが……」

とたんに十蔵の歯切れが悪くなった。

「いまは辻斬りが、『おれは八丁堀の狐だ！』と叫んだだけで、こうやって捕り方に踏み込まれるといったような妙な風が吹いている。

羆の叫びを信じる者が現れたっておかしくねえ。あるいはそっちのほうが多いかもしれねえぜ。

とかく世間は権力者に楯突く者を贔屓《ひいき》にする。

此度のことじゃ、老中首座の伊豆守さまが権力者で、何者かに狙撃された勘定奉行が、楯突く者ということになる。

案外、羆の人気が沸騰するかもしれねえぜ」

「冗談じゃないわよ」

お吉が柳眉を逆立てた。

「三河吉田のお殿さまが、羆なんかのために悪者にされて堪《たま》るもんですか」

口調が、すっかり普段の調子に戻っている。

「お吉、出かけるぜ」

十蔵は唐突に声をかけた。

「お前も一緒だ。支度をしな」

「どこへ行くのさ？」

「決まってるだろう。三河吉田の殿さまを励ましに行くのよ」

「ふん、面倒だね」

「ま、そう言うな。いまの殿さまにゃ、お吉の笑顔が百万の味方なんだぜ」

「店も片づけなきゃならないのに仕様《しよう》がないねえ」

それでも十蔵と連れだって出かけられるのが心底嬉しいらしく、いそいそと支度をはじめた。

四

十蔵とお吉が、呉服橋御門内の三河吉田のお殿さまこと、老中首座松平伊豆守信明の上屋敷を訪れると、先客があった。

先客は隣屋敷である北町奉行所の主、北町奉行小田切土佐守直年《なおとし》で、お吉が物凄い目で睨むと、具合悪そうに俯《うつむ》いてしまった。

三河吉田のお殿さまは満面の笑みだ。

「お吉、よく来てくれた。元気だったか？」

「さっきまで……」

　お吉がちらっと土佐守を見て言った。

「死んでしまおうかと、泣いておりました」

「だ、だ、だ、誰に泣かされた？」

　知恵伊豆の末裔である三河吉田のお殿さまが、まるで天下が転覆《てんぷく》するかのような慌てぶりを見せた。

「わ、わしが懲らしめてやる！　誰だ？　十歳か？　おのれ、十蔵だとて許さぬぞ！」

　するとお吉が首を横に振り、きらりと目を猫のように光らせると、怒気《どき》を含んだ鋭い口調になって、泣いた経緯を訴えた。

「今朝方、四つ目屋忠兵衛に、物々しい出立《いでたち》の捕り方が、大勢で押し寄せてきました。

　八丁堀の狐が、柳原土手と山谷堀で辻斬りをやったと言って、土足で家探しを始めたんです。

　わっちが、狐の旦那が辻斬りなんかするはずがないと言ったら、捕り方を率いていた与力に、これは北町奉行の命令だと一喝《いっかつ》されてしまったわ。

　やがて捕り方は、狐の旦那がいないとわかると、今度はご禁制の麻薬『稲妻』

を隠しているはずだと言って、四つ目屋の店と地下の『狐の穴』の隅々まで、乱暴極まるやり方で調べ始めたんです。

たちまち、神棚や商品棚は叩き落とされ、箪笥の引出し、行李や木箱の中味、押入の布団や衣類など、手当たり次第に引っ掻きまわされ、切り裂かれて、まるで地震と大風と竜巻と鎌鼬《かまいたち》に同時に襲われたような、見るも無惨な状態にされてしまいました。

それでも『稲妻』が見つからないと、今度はその腹癒《はらい》せとばかりに、わっちと三人の弟分の猪吉、鹿蔵、蝶次の四人を、浅草奥山の女掏摸、弁天お吉の一味として召し捕ろうとしたんです。

その理由というのがもう無茶苦茶で、三つ子の魂百までというから、餓鬼《がき》のころから掏摸をやっていたわっちらが、足を洗って改心するはずもなく、いまも他人様《ひとさま》の懐《ふところ》中を狙っているに違いないと決めつけられたんです。

わっちはそれが悔しくて堪らなくて、自分でも気づかぬうちに泣いていました。声を忍んで泣きながら、わっちらを侮辱した屑《くず》与力を、金輪際許さないと心に誓っておりました。

そしていまは、そんな屑与力の跳《ちょう》梁《りょう》を許している、お奉行さまの頬を引っぱたいてやろうかと、本気で考えております」

ぎくっ！

北町奉行小田切土佐守の体が揺れた。

「お吉……許せ！」

意外にも、お殿さまのほうが謝った。

「そんなことになるとも知らず、土佐守に屑与力の狩場惣一郎を自由に泳がすように命じたのは、このわしなのだ」

これには十蔵も驚いた。

「何故《なぜ》でございますか？」

思わず語気が強くなった。無理もない。危うくお吉たちが川獺を殺し、十蔵も腹を切る危機に陥るところだったのだ。

「十蔵はわしが、勘定奉行大久保備前守の罷免を決めたことは知っておろうな」

「はい、存じております」

「わしは備前守の罷免と機を同じくして、土佐守に北町奉行所内の大掃除をさせるつもりだった。

そして真っ先に俎上《そじょう》にあげたのが、備前守の一味でもあり、八丁堀の狐の天敵でもある、川獺の狩場惣一郎だった。

川獺を自由に泳がせ、不正の動かぬ証拠を摑んで、ひと思いに処断するつもりだったのだ」

お殿さまが、上品な顔を無念そうに歪めて、過去形の「だった」を連発した。

「ふうーっ！　本当にあと一息だった」

お殿さまは、大きな溜息を吐いて続けた。

「万事順調に運んでいて、明日にも大久保備前守に勘定奉行の罷免を言い渡し、狩場惣一郎を北町奉行所から追い出せるところだったのだ。それを……」

お殿さまは声を呑み、首を横に振り、沈痛な表情になって目を閉じた。

誰も声をかけられない。

一同は黙って息を詰め、静かに待った。

やがて、お殿さまが目を開けた。

「今朝のたった一発の銃声で、何もかもが水泡《すいほう》に帰してしまったわ」

「それでは……」

十蔵も、沈痛な声になった。

「勘定奉行の罷免は白紙になったと？」

「十蔵、狙撃された備前守が、何と叫んだか、聞いておろう。わしは覚えてしまったから、そらんじてみせてやろう。『おのれ、伊豆守……そんなにわしが憎いか……主殿頭派の残党のわしが、そんなに怖いのか！』

これでわしはすっかり悪者《わるもの》にされてしまったわ。それに反して不運にも撃たれた備前守は、上さまのご名代が、いの一番に見舞ったことも相まって、同情と関心と人気を一身に集めておる。これでは備前守を罷免にするどころか、わしの方が越中守さまの二の舞で、老中首座を追われてしまうわ。まったく……」

磊落《らいらく》なお殿さまが珍しく愚痴《ぐち》った。

「どこの誰が撃ったか知らないが、きちんと仕留めてくれないから、こんな迷惑を蒙《こうむ》る。もう一度狙い直してもらいたいくらいだ」

「くくく、そんなの無理ってもんだわ」

お吉が笑って、言ってもいいかというふうに十蔵を見る。いいぜというふうに十蔵は頷いた。

「だって羆は自分で自分を撃ったんだもの、二度もやったら見破られてしまうわ」

お殿さまは、一瞬、何を言われたかわからぬ様子で、ぽかんとし、

「羆《ひぐま》とは、備前守のことか……」

と、呟いてから、かっと目を見開いた。

さっきまでとはまるで別人だ。

幕閣の中枢で闘う、厳しい男の顔になっていた。

「十蔵、話せ！」

質問も短く、鋭い。

「何を根拠に、自分で撃ったと申す？」

十蔵も手短かに、羆が叫んだ言葉の不自然さを指摘した。

「……おそらく羆が乗っていた駕籠には、弾丸が外から進入した痕跡などないはずです」

ぱん、ぱん、ぱん！

お殿さまが柏手《かしわで》を三つ打った。

襖が開き、若侍が姿を現す。

手招いて、耳元で何ごとかを囁いた。

「畏まりました」

すすーっと退《しりぞ》き、若侍が姿を消す。

隠密だ。越中守ほどではないが、伊豆守も隠密を使うことがあった。

「それからもう一つ……」

十蔵が、言った。

「おそらく羆は、短筒の銃口を体にくっつけて撃ったでしょうから、火薬で傷口の周りに火傷《やけど》を負っているはずです。医者にも当たってみてください」

「わははは、十蔵のやつ、小出しにしおるわ」

お殿さまが屈託のない声で笑って、北町奉行小田切土佐守を見た。

「土佐、これでどうやら相撲《すもう》になりそうではないか？」

「左様でございますな。まさに相手に一気に寄り切られそうな体勢でしたが、狐のご利益《りやく》で寄り返すことができそうです」

お奉行は笑顔で十蔵を見た。

「見事だぞ、十蔵。あの長台詞から、備前守の狙撃が狂言と見抜いた者は、おそらく他には誰もいないだろう。

じつはな、わしも備前守が狙撃をされて尻の肉を抉《えぐ》られたと聞いたとき、何となく違和感を覚えたのだ。

折角《せっかく》、大嫌いな相手が狙撃をされたのに、選《よ》りに選《よ》って弾丸が当たったのが、人体で一番痛くなくて、一番命に関わりのない尻なのかと落胆して、つい、自分で撃ったのではないかと、内心で罵っている自分に気づき、大いに恥じた。

いくらこれまでに何度も、手段を選ばずに北町奉行の座を狙ってきた仇敵《きゅうてき》といえども、狙撃された相手に対して、自分で撃ったのではないかと思うのは、川で溺れている人間の頭を、棹《さお》で叩いて沈めるような卑劣な行為だと恥じて、疑うことを止めたのだ。ところが、それが間違いだった。わしと十蔵はどこがそんなに違うのかな」

「さあ、お奉行は善人で人望があり、おれは悪人で嫌われ者という程度の違いは、あるんじゃねえでしょうか。それに……」

十蔵は思いつくまま列挙してみた。

「おれはあの場所から撃たれております。それに、あそこに短筒があることを知っております。

そして羆が、間もなく勘定奉行を罷免されること、すなわち、一か八かの窮鼠《きゅうそ》の心境にあることを知っております。

さらに『おのれ、伊豆守……』と叫ぶ手法が、羆の仲間の曲狂之介が辻斬りをやって『おれは八丁堀の狐だ！』と、嘘を叫ぶやり方に類似しております。何より肝心なことは、備前守がそういうことをやりかねない、卑劣極まる人間であるということが、わかっていたからです」

すると、三河吉田の殿さまは満足そうに笑顔で頷き、お吉を手招いて座敷を出ていった。

お奉行と十蔵の二人だけが座敷に残った。

十蔵は珍しく、緊張した面持ちだ。

十歳で家督を継いでから、歴代の北町奉行、曲淵甲斐守、石川土佐守、柳原主膳正、初鹿野河内守、小田切土佐守に仕えたが、これまでこうやって、どのお奉行とも差しで向かい合って話をしたことがなかった。

思えばずっと、代々の北町奉行から、敬遠されてきたような気がした。

「お奉行はおれに捕り方を差し向けやしたが……」

十蔵は躊躇《ちゅうちょ》なく八丁堀の狐の口調になって訊いた。

「柳原土手と山谷堀の辻斬りが、『おれは八丁堀の狐だ！　世のため人のために人間の屑を斬り捨てた！』と叫んだのを、まさか、おれが本当に叫んだと思ったんじゃ、ねえでしょうね」

「むろん、簡単には信じないが、世のため人のために人間の屑を斬り捨てたなんて、いかにも八丁堀の狐が言いそうなことではないか。

それに八丁堀の狐は、ことあるごとに、『おれは北町奉行所与力の狐崎十蔵だ！』と名乗りをあげる癖があるそうではないか。そう叫んで、馬庭念流の『雷光の剣』を振るって、悪党を真向唐竹割にするそうではないか。

しかも柳原土手で、刀を改めようとした同心の要求を、八丁堀の狐は拒んだそうではないか。

十蔵、こんな状況があって、もしお前がわしだったらどうする？」

こほん！

十蔵は咳払いをし、渋々答えた。

「召し捕るしかねえでしょう」

理屈ではお奉行が、一枚も二枚も上手《うわて》だった。

「だからわしは……」

お奉行が、にっこりと笑った。

「定町廻り同心の竹塚一誠に、八丁堀の狐を召し捕り、その真偽を確かめるように命じた」

「ですが、理屈はともなく……」

すかさず、十蔵は反論した。

「辻斬りは人斬り鬼の曲狂之介ですよ。これには確かな目撃者がおります。それに八丁堀の狐でないことは、当の狐が天地神明に誓って違うと断言しております」

「そうか、当の狐が違うと断言しておるか。これも無視できぬな。ところで十蔵、人斬り鬼の曲狂之介は、お前の親の仇だそうではないか。相違《そうい》ないか？」

「相違ございません」

「そいつは拙《まず》いな」

「え？」

「とかく世間は、何ごとも色眼鏡で見るのが好きだ。これなども、辻斬りの疑いをかけられた町方与力が、その罪を親の仇の浪人にかぶせ、うむを言わせず討ち果たした、といった具合になるのではないかな」

「莫迦《ばか》ばかしい！」

十蔵は一笑に付した。

「そうかな……」

お奉行が微笑んだ。

「現実に備前守や曲狂之介の大嘘を目の当たりにして、そんなふうに簡単に笑い飛ばしていいのかな？」

「申し訳ございません」

なるほど、と感じた十蔵は素直に非を認め、

「どうすればよろしいでしょうか」

と、お奉行に訊いた。

「召し捕れ！」

お奉行が言下に吼《ほ》えた。

「曲狂之介は、討たずに召し捕るのだ！」

至難の業だ。討つより、数倍、困難だった。

が、十蔵は、短く答えていた。

「承知！」

「うむ、頼むぞ」

お奉行が厳しい表情で頷いた。そして、

「もう一つある」

と、お白砂《しらす》で見せる、感情を殺した顔と声になった。

「後ろ盾である伊豆守さまが、席を外されたから訊くのだが、十蔵、おぬしは、隠し番屋『狐の穴』の手下の行動を正確に把握《はあく》しておるのか？」

十蔵の顔色が変わった。

この上なく不快な質問だった。

そして十蔵が、普段から何よりも恐れていた質問だったが、最近の手下の行動を見ているかぎり、そのような不愉快な質問をされる覚えは、まるでなかった。

「そのつもりでございますが……」

十蔵は仏頂面になって答えた。

左様かと、何度も小さく頷いて見せたお奉行が、やがて諭《さと》すような穏やかな口調になった。

「わしも今日ばかりは北町奉行として、お吉に本当に済まぬことをしたと、深く反省しておるのだが、狩場惣一郎の言ったことが、あの男独自の考えてからではないことも確かだ。

町奉行所が管轄する町人たちの間では、一度悪に染まった者は、同じような過ちを犯すものと、固く信じ込まれている。それもまた真実なのだ。

『狐の穴』では、そういった人間ばかりを集めて手下にしておるようだな。寡聞《かぶん》なわしが知っているだけでも、さっきの話に出た女掏摸の弁天お吉と、三人の弟分の猪吉、鹿蔵、蝶次、それと博奕打ちの代貸だった岡っ引きの伊佐治、夜鷹蕎麦屋の七蔵は、夜叉の七蔵と呼ばれた、島返りの元盗賊だというではないか。

気の弱い者なら、話に聞いただけでも震えがきそうな連中ばかりを揃え、その数、二、三十人に達するというではないか」
二、三十人というのは、とんでもない間違いだ。
お奉行が知っているだけでほぼ全員なのだ。

ただ、それでは悪党に舐められるので、猫を虎に見せかけるようにしていたのだが、こういうものは曖昧なほうがいい。

だから「狐の穴」と名乗って、最初から騙しますよと宣言していたのだ。

「わしはこのようなことを信じたくないが……」

お奉行が、再び表情を厳しくした。舌鋒《ぜっぽう》も鋭くなった。

「この一両日、『狐の穴』の手下を名乗る者たちが、辻斬り事件や狙撃事件をはじめ、料理茶屋の主人、岡場所の楼主の弱味を突いて、十両、二十両とかなり強引に強請《ゆす》り歩いているという報告があった。

それで即刻、狩場惣一郎に調べさせたところ、料理茶屋の主人も岡場所の楼主も、『狐の穴』に金を強請られた事実を認めたという。

十蔵、これでも手下の行動を把握していると申すか。手下の強請を知らなかったでは、済まされぬことだぞ」

こほーん！

十蔵が甲高い咳払いをした。

〈面白《おもしれ》え！　今度はその手で来やがったか。それにしても悪党の頭はよくまわるものだ。ほとほと感心させられるぜ〉

しかし、人斬り鬼の辻斬り、羆の狙撃と続いた後の、岡場所の強請では、受けた衝撃は少なかった。

それに、この一両日「狐の穴」の手下の面々は、辻斬りを追って十蔵の目の届く範囲内にいて、強請をやっている暇などなかった。

「川獺は……」

十蔵は、古参与力の渾名《あだな》を口にして、お奉行に訊いた。

「強請って歩いた『狐の穴』の手下は、どんな風体《ふうてい》だと言ってやしたか？」

「頭巾で顔を隠した着流しの二人の武士だと言うことだった」

「あははは、それならお奉行、下手人探しは簡単ですぜ……」

十蔵が愉快そうに笑った。

「『狐の穴』には武士は二人しかおりません。

一人はおれで、もう一人は三角です。が、もしおれたちが召し捕られたら、お奉行の首も吹っ飛ぶことになりますよ。

むろん、お奉行の後釜は、尻の傷の癒えた羆です。川獺はその片腕となって、万々歳《ばんばんざい》でしょう」

うーん！

お奉行は恨めしそうに十蔵を見て唸った。

第三章　黴《ばい》菌《きん》

一

雨の降り出しと同じで、最初は一つだった。

こつん！

飛んできた石が、四つ目屋忠兵衛の店の表戸に当たった。

それからすぐに、ばらばらと飛んできた石が、庭にも落ちてきた。

「きゃーっ！」

洗濯物を干していたお美代《みよ》が悲鳴をあげた。

「は、早く、中に入りなさい！」

薪《まき》を割っていた徳蔵が叫んだ。

「どうした？」

十蔵が駆けつけ、飛んでくる石を眺めて、

「なんだ、こりゃ？」

呆れたように目を丸くした。

「きぃーっ、何よこれ！」

お吉は眦《まなじり》を決して叫んでいる。

ごつん！

卵《たまご》大の石が店の中まで飛んできて、棚に当たった。

片づけたばかりの棚から、ころっと張形が転がり落ちた。

「おふざけでないよ！」

小袖の腕を捲り上げる。女だてらに喧嘩支度だ。

「猪吉！　鹿蔵！　蝶次！」

三人の弟分の名を呼んだ。

「わっちについといで！」

店から飛び出そうとした。

「待ちねえ！」

十蔵がお吉の腕を摑んだ。七蔵はともかく、喧嘩上手の伊佐治がいない今、騒ぎは避けたかった。

「これは天災だ。人が石を投げていると思うから腹も立つが、雨や雪や霰《あられ》や雹《ひょう》と同じで、空から降ってくると思えば腹も立つめえ。じっとしてりゃ、そのうち止《や》むさ」

「あれも……」

お吉が悔しそうに言った。

「空から降ってくると言うの？」

外で石を投げている連中は、一つ石を投げるごとに、何ごとか大声で叫んでいた。

「八丁堀の狐は、いんちき狐！」

ひゅーっ、ごつん！

「狐の穴は強請《ゆすり》の穴！」

しゅーっ、どすん！

「四つ目屋忠兵衛は女掏摸の弁天お吉！」

ぶーん、がしゃん！

「猪鹿蝶《いのしかちょう》は掏摸三兄弟！」

があーん、ごろごろ、どーん！

拳大《こぶしだい》の石が店に転がってきて、今度は棚を壊した。

「だ、旦那、あんなこと、いつまで言わせておくの！」

お吉が歯軋りした。

「天災天災！　我慢《がまん》我慢！」

十蔵は念仏のように言いながら、敵はこちらが想像している以上に「狐の穴」の内情に詳しくなってきていると感じた。

これは非常に危険な徴候で、「狐の穴」の存続に一考を要する時期がきたようだった。

「掏摸の集団、四つ目屋忠兵衛！」

しゅーっ、ごつん！

「淫売茶屋娘のお美代！」

ぶーん、どすん！

「徳蔵、お茂は掏摸の隠居！」

ひゅーっ、がしゃん！

「『稲妻』密売は、ちびの伊佐治と、足抜け女郎のお袖《そで》！」

しゅーっ、どどん!!

「島返りの夜叉の七蔵！」

ごおーっ、どしゃん！

「真向唐竹割の辻斬りは八丁堀の狐！」

投石の勢いは益《ます》々《ます》激しくなり、人の数も増えてきているようだった。

「狐の穴を潰せ！」

「八丁堀の狐をやっつけろ！」

「それっ、四つ目屋忠兵衛を叩き壊せ！」

まるで打ち壊しだった。

「お吉、みんなを連れて地下室へ逃げろ！」

「狐の旦那は？」

「おれはこいつで……」

三尺五寸の長十手を、ぶんと振った。

「片っ端からぶん殴ってやる！」

「それならあっしらも……」

猪吉、鹿蔵、蝶次が、棍棒を握って身構えた。

「ここはおれ一人のほうがいい」

十蔵はにやっと笑った。

「手に負えなくなったら、真向唐竹割を見舞ってやる。どうせ烏合《うごう》の衆《しゅう》、蜘蛛《くも》の子を散らすように逃げていくだろうよ」

どんどん、どんどん！

表戸を蹴破《けやぶ》ろうとする音が聞こえた。

「狐の旦那、わっちも戦うわ！」

お吉が凜《りん》とした声で言った。

「あんな連中に店を踏み荒らされたら、わっちに店を托《たく》してくれた、先代の四つ目屋忠兵衛に申し訳ない。わっちは逃げないからね」

「おれたちも戦うぜ！」

猪吉が気負った声で言った。

「おれたちは、先代の四つ目屋忠兵衛を、三番目の親父だと思っているんだ。

もちろん一番目は、赤ん坊のおれたちを捨てた、顔も知らなきゃ、どこの誰かもわからない、三人それぞれの親父のことだ」

「二番目の親父は……」

蝶次が続きを言った。

「赤ん坊のおれたちを拾って育ててくれた、掏摸の親方、仏の善八《ぜんぱち》だ。おれたちは花札好きの親方に、猪鹿蝶と名づけられて兄弟になった」

「そして三番目が、おれたちを立ち直らせてくれた、先代の四つ目屋忠兵衛なんだ」

鹿蔵が決然と結びを言った。

「その三番目の親父が死ぬまで自慢にしていた、閨の媚薬、秘具の店『四つ目屋忠兵衛』が壊されるのを、おれたちが何もせずに見ているわけにゃいかねえんだよ」

「わかった」

十蔵は長十手で、とんとんと肩を叩いた。

「それじゃおれもお前らの兄貴として、この店を守って戦うことにするぜ。

さてその戦法だが、『狐の穴』が得意とする臑《すね》打ちで行くぞ。片っ端から棍棒で、弁慶《べんけい》の泣きどころをぶん殴ってやれ！

こいつは痛えぜ！　ひいひい泣くぜ！　構わねえ、『狐の穴』を襲った祟《たた》りだ、膝の皿も割ってやれ！

そうら表戸が蹴破られたぞ！　来るぞ来るぞ！　さあ迎え撃ってやれ！

うおーっ！」

十蔵が嬉々として叫んだ。

根っからの喧嘩好き、武道好きの餓鬼大将なのだ。

「うおおーっ！」

お吉、猪吉、鹿蔵、蝶次も餓鬼になって応《こた》え、表戸に向かって走りだした。

そのとき、店の表から、歯切れのいい啖呵《たんか》が聞こえてきた。

「お前ら、打ち壊しが磔《はりつけ》獄門《ごくもん》、島流しの大罪だと知っててやっていやがるのか？」

「げっ、てめら、何者だ？」

「へえ、こいつは驚いたぜ。お前らもぐりの江戸っ子かい。

小銀杏に結った髷《まげ》と、着流しに巻羽織の格好で、おれたちの正体が八丁堀の同心と、わかりそうなものじゃねえか。

おれは北町の定町廻り同心で、南崎健二郎ってもんだ！」

「どうやら盆暗なお前らは……」

別の声も聞こえた。

「何も知らなかったようだから、四つ目屋に突入前のいまなら見逃してやろう！

おれも同じく北町の定町廻り同心で西田東作と言う！」

「おれは輪島正吾だ！　お前ら運がいいぜ。おれたちの気が変わらねえうちに、
とっとと立ち去れえ！」

「ひ、ひえーっ！」

「た、助かった！」

ばらばらっと十数人が逃げ去っていく音が聞こえる。

「く、くそっ！　騙されるな」

だが、まだ半数近い、十数人が残っているようだ。

手に持った石を投げ、棒を振り、口々に喚《わめ》いていた。

「こいつらも『狐の穴』の一味に違《ちげ》えねえ！」

「四つ目屋に突っ込め！」

「『狐の穴』を潰せ、ぶっ壊せ！」

「八丁堀の狐をやっつけろ！」

「それっ、おれについて来い！」

一人が声高に叫ぶと、

「うわあーっ！」

十人ほどが声をあげて、店に突入しようとした。

「こ、こらっ、待て！」

三人の定町廻り同心は慌てた。

「ならぬぞ！　ええい、もう勘弁しねえ！　召し捕って、磔獄門にしてくれよう！」

十蔵はそれを聞いて失笑し、三尺五寸の十手を構えた。

どどっ！

足音が接近した。

十蔵は店の表にぬうっと姿を現し、立ちはだかる。

「待ってたぜ！」

ぶんと迅《はや》い十手を振った。

ごきっ！　ぼきっ！　ぐしゃ！

先頭を走って来た三人の向こう臑《ずね》の骨が鳴った。

「ぎゃーっ！　うぎゃ！　ふぎゃ！」

三人が絶叫をあげ、臑を抱えて転げまわる。

すかさず、お吉、猪吉、鹿蔵、蝶次も後に続き、棍棒を振るう。たちまち、立っている敵の姿がなくなった。

「よくも、石を投げて、言いたい放題言ってくれたわね！」

お吉は十蔵が倒した相手の頭を殴っていた。

「弁天お吉を舐めたらどうなるか、思い知ったらいいわ！」

「お吉、頭を割っちゃ、そいつが楽になる。それより、膝の皿を割って、一生苦しめてやれ！」

十蔵が残忍な声をかけた。

「狐の穴」には鬼が棲《す》んでいる。そう思わせるためだ。そうすれば二度と石を投げたりしないと考えたのだ。

「狐崎さま、折檻《せっかん》はそれくらいにして……」

定町廻り同心の兄貴格である輪島正吾が言った。

「後はおれたち三人に任せてくれませんか？」

「任せてもいいが、昨日は川獺に従っておれを召し捕りに来たお前らが、今日はおれたちを助けてくれた。一体《いってえ》、どういう風の吹きまわしだい？」

「おれたち三人は川獺に逆らったんで、次の月番からは物書き同心に飛ばされるんです」

南崎健二郎が、一人の男を押さえつけながら、憤慨した口調で言った。

「それで今月は……といっても、もう明日までしかありませんが、狐崎さまの指揮下に入れと、お奉行に命じられました。

狐崎さま、これはどうなってるんです？

まさか、おれたちに隠し番屋『狐の穴』の同心になれってんじゃないでしょうね」

「おれの指揮下ってことは、そういうことじゃねえのか。お奉行も、なかなか味な真似をするじゃねえか」

「お、おれたちゃ、『狐の穴』の同心なんて真っ平です」

西田東作も、別な男を取り押さえながら、とんでもないと首を横に振った。

「そんなことになったら、嫁の来手《きて》がなくなって、西田の家名が途絶えてしまいます」

「そりゃ、大変《てえへん》だ。よし、おれが東作の嫁を探してやろう」

「自分も来手がないくせに……」

東作が唇を尖らせた。

「よくそういうことを平気で言えますね。だからおれたちゃ、狐崎さまをいまひとつ信頼できねえんですよ」

「おほほほ……」

お吉は面白そうに笑っていたが、すぐに顔色を変えた。

「あらっ、また石よ！」

屋根に当たった。

こつん！

また最初の一つが始まったようだ。

投石はまだまだ続きそうだ。五人や十人、召し捕ったところで仕方がなさそうだ。

「健二郎、面倒《めんどう》だから、そいつらを放してやれ」

「狐崎さま、よろしいんで？　こいつらを放したら、またあっちから石を投げますぜ」

「それもそうか。それじゃ、後腐れなく斬っちまおうか。

こいつらは、老中首座松平伊豆守さまが後ろ盾の隠し番屋『狐の穴』を襲撃したんだ。言ってみりゃ、立派な謀叛《むほん》だ。命を捨てる覚悟くらいはできているはず。

よし、決めた！　首を刎ねてしまおう」

輪島正吾が押さえていた男が、とたんに騒ぎはじめた。

「ひゃーっ！　ま、待ってくれ！　許してくれ！　謀叛だなんて、おれたちゃ、そ、そんなこと聞いてねえ！

『狐の穴』の手下に十両強請られたという、岡場所の亡八に一分《いちぶ》（四分の一両）もらって、ちょっと石を投げに来ただけなんだよ」

「お前らはいまでも本当に、『狐の穴』が岡場所の亡八を強請ったと思っているのかい？」

十蔵の問いかけに、南崎健二郎の押さえていた男が言った。

「も、もう、そんなこと、絶対に思っていやせん！」

「じゃあ、誰が亡八を強請ったと思っているんだい？」

「誰かが『狐の穴』の手下を騙って強請ったに決まってます」

今度は西田東作の押さえていた男が言った。

「帰《けえ》ったら亡八にそのことを言えるかい？」

「もちろん、はっきりと言ってやります」

三人が、そろって口を開く。

「よし、お前らを信用しよう。帰《けえ》してやるぜ」

「あ、ありがとうごぜえやす！」

十蔵はお吉に向きなおると、悪戯《いたずら》っぽい顔つきになった。

「お吉！　こいつらに治療費を出してやりな」

「いくらだい？」

「ま、一人、一両ってことかな」

「そんなにかい？」

「天下の四つ目屋忠兵衛が吝嗇《けち》るもんじゃねえ」

「旦那、こういうのを何と言うのかご存じ？」

「さあな」

「わっちら下々《しもじも》じゃ、泥棒に追銭《おいせん》と言うんだよ」

「あははは、ま、いいじゃねえか。こいつらも痛《いて》え思いをしたんだし、『狐の穴』

の名誉も回復してくれるんだ。ついでに弁天お吉の気っぷのよさと、別嬪《べっぴん》ぶりも宣伝してくれるだろうぜ」

やがてそれぞれに一両もらって恵比寿顔《えびすがお》になった連中が、勝手口から足を引きずって出て行き、三人の定町廻り同心も出て行くと、入れ違いに伊佐治と七蔵が、お袖とお銀《ぎん》を連れて戻ってきた。

伊佐治とお袖は所帯を持って、本所入江町の岡場所に四つ目屋「お袖」を店開きしている。十五歳のお銀は奉公人だったが、その店が投石に見舞われたというのだ。

「幸い石は当たらなかったのですが、またいつ飛んでくるかわかりません。それで店を閉めて、二人を連れて参《めえ》りやした」

伊佐治が悔しそうに言い終わったとき、ばらばらと再び四つ目屋忠兵衛にも石が投げられはじめた。

「お吉、ここも閉めようぜ」

十蔵が言った。

「思った以上に相手は本気だ。そのうち石じゃなくて、もっと物騒な物が投げ込まれるかもしれない。仲間を守るための白旗は恥じゃねえ」

「わかったわ。閉めましょう」

お吉は、あっさり承知した。

「それで、わっちらは、どうすればいいの？」

「お吉、お茂、お袖、お美代、お銀の女五人は、八丁堀のおれの屋敷に避難してもらう」

「旦那の屋敷じゃ、窮屈そうね」

「それじゃ、三河吉田の殿さまの上屋敷にするかい？」

「あっちはもっと窮屈そうだわ。仕様《しよう》がない。八丁堀で我慢するわ」

「お吉、すまねえな。それから男は、賄《まかない》の徳蔵も含めて全員、『狐の穴』に籠《ろう》城《じょう》して戦ってもらう」

「籠城ですか……」

伊佐治が頬の疵を掻いた。

「こっちから攻めないんで？」

「あははは、言葉の綾《あや》だ。ここを拠点にして一丸となって戦うってことで、籠城って言葉に拘《こだわ》るな。実際は全員に城を出て攻めまくってもらうぜ。

伊佐治！　七蔵！　猪吉！　鹿蔵！　蝶次！

お前らは、『狐の穴』を騙って岡場所の亡八を強請っている、覆面の二人の武士の正体を暴くんだ！

もしこっちの推測どおり、二人が川獺の腹心の山崎主膳と大江一真だったら、お前らだけで召し捕ろうと思うな。二人とも腕が立つ。おれに知らせるんだ。わかったな」

「へい、わかりやした！」

伊佐治が気負って答えた。

「あっしらはあの二人を召し捕ることよりも、とことん食らいついて、強請る現場を押さえ、強請っていたのが『狐の穴』じゃねえってことの証明を先にしやす。そうすりゃ、『四つ目屋忠兵衛』と『お袖』への投石が止むでしょう」

「伊佐治、それでいい。みんな、頼んだぜ」

「狐の旦那……」

徳蔵が緊張した面持ちで訊いた。

「わしは何をやったらいい？」

「おお、そうだった。徳蔵には一番大事なことをやってもらう。おれたちの飯《めし》をつくってくれ」

十蔵は、ぽんと腹のあたりを叩いた。

二

降ったり止んだりの雨ではないが、思い出したように飛んできていた投石が、暮れ六つの鐘を聞いたとたんにぴたりと止んだ。

どうやら石を投げていたのは、全員が岡場所の亡八に雇われた連中のようで、投石は暮れ六つまでの約束だったのだろう。

静寂が戻った庭で蟋蟀《こおろぎ》が鳴きはじめた。

「それじゃ、行こうか」

十蔵が声をかけ、お吉、お茂、お袖、お美代、お銀の先に立って、四つ目屋忠兵衛の勝手口を出た。

一行が薬研堀の船宿「湊屋」に着いたとき、

どーん！

花火があがった。

「きゃあっ！」

五人の女たちは、はしゃいだ声をあげた。

すっかり花火見物の気分でいるようだ。

船頭の新作が豪華な屋形船を仕立てて待っていた。料金は一晩五両。高い。が、それが相場だ。これは「狐の穴」の必要経費として、老中首座、松平伊豆守の機密費から支払われる。

十蔵は躊躇いもせず女たちを屋形船に乗せた。

昨日からの二日間、お吉をはじめ女たちは、川獺が率いる捕り方に踏み込まれたり、投石と打ち壊しに遭ったりで、何度も身の危険に晒《さら》されている。

八丁堀に避難する途中の、これくらいの贅沢は許されると十蔵は思っている。

屋形船が大川に出た。

花火を眺めながら、ゆっくりと下っていく。

どどーん！

頭上で花火が開いた。

「わあぁーっ！　きれい！　花火が大《お》っきい！」

十五歳のお銀が無邪気な歓声をあげた。

「あたい、もうずっと前から、一度でいいからこうやって、花火を船から眺めてみたいと思っていたの！　嬉しい！」

「本当に綺麗《きれい》だねえ……」

徳蔵の連れ合いのお茂が相槌《あいづち》を打った。

「あたしゃ、この二日間は生きた心地がしなかったけど、こうやって花火を見あげていると、生き返った心地がするよ。こんないいものが眺められて、長生きはするもんだねえ」

「あたいもさ……」

お美代が言った。

「昨日《きのう》は捕り方に怒鳴られ、今日は淫売茶屋娘だなんて囃し立てられて、もう最悪の気分だったけど、こうやって屋形船から花火を眺めていたら、気分が晴れてきたわ。花火って不思議よねえ。見ているだけで、勇気づけられるもの」

お吉とお袖もにこにこ笑いながら、お銀、お茂、お美代の話にしきりに頷いていた。

「狐の旦那、どうしやしょう？」

船頭の新作が小声で訊いてきた。

「三ツ股に船を止めて、もうすこし花火見物をしやすか。それともこのまま八丁堀に向かいやすか？」

「八丁堀にやってくれ」

十蔵が小さく答える。

「合点！」

屋形船は船足を速めた。

新大橋を潜り、三ツ股を過ぎて花火から遠ざかり、永代橋を潜って、鉄砲洲の手前から亀島川に入った。

亀島橋で屋形船を帰すと、十蔵は五人の女の先に立って、狐崎家の屋敷に向かった。


この夜、白面金毛九尾の狐は、よく笑った。

十蔵は、用人の磯村武兵衛に簡単な経緯を説明して、女たちの部屋を用意させ、母に呼ばれるのを待って、お吉を連れてその部屋に入った。

「おっほほほ……」

母の千代は、喉を反らせて笑った。

「十蔵どの、『狐の穴』が落城したそうですね」

じつに楽しそうだ。

妹のお純も笑顔を隠そうとしない。

この母娘《おやこ》には、十蔵の不幸が御馳走のようだ。

「落城ではありません」

十蔵は、反論を試みる。

「一時的に女たちを避難させただけです」

「世間では、それを落城と言うのです」

千代に、にべもなく一蹴《いっしゅう》された。

「どのような敵に、どのように攻撃されて落城したか、この母にすべてを話してみなさい」

「いいよ。そんなこと……」

「よくはありません」

珍しく、千代は執拗だった。甲高い声を鋭くして、畳み込んできた。

「十蔵どのと、父の重蔵どの。あなた方父子《おやこ》に共通して欠けているものがありますよ。

それは反省を生かす術《すべ》を知らないということです。

つまり、二人とも前しか見ようとせず、毫《ごう》も反省しないのです。

だから、年がら年中、同じようなことで、同じように振りまわされて、同じような苦労をしているのですよ。

その挙げ句、重蔵どのは斬られて死に、倅《せがれ》の十蔵どのもその轍《てつ》を踏もうとしている。

そんな向こう見ずな性格は、歌舞伎役者の芸ではないのですから、父から引き継ぐ必要はありません」

すると、お吉もにっこり笑って、千代と頷き合った。

十蔵は胸中で罵った。

〈裏切り者め！〉

〈それなら、何もかも話してやろうじゃねえか！　肝を潰したって知らねえぜ！〉

こほーん！

覚悟の咳払いをした。

「三日前、柳原土手で辻斬りがありました。

辻斬りは、『おれは八丁堀の狐だ！』と名乗って、三人を真向唐竹割にしました。その辻斬りこそ、二十年前に父重蔵を斬った、曲狂之介です」

「おっほほほ……それは知っております」

「一昨日《おととい》、山谷堀でも辻斬りがありました」

「それも聞いております」

「そうですか……」

十蔵は白けた気分になった。千代の情報源は三角だ。八丁堀の狸と九尾の狐は幼馴染みなのだ。

「それでは、勘定奉行の大久保備前守が狙撃されたこともご存じですね」

「『おのれ、伊豆守……』なら、瓦版も出ております。十蔵どのが撃ったのではないでしょうね？」

「まさか、どうしておれだと？」

「おや、十蔵どのが驚いているわ」

千代が、お純を振り向いた。

「やっぱり、十蔵どのは怪しいよ」

「だから、どこが？」

「お純、教えておやり」

こほん！

お純が可愛く咳払いをした。

やはり十蔵とお純は兄妹《きょうだい》狐。大事を話す前に狐の鳴き声のような咳払いをする癖は同じだった。

お純が吟味方《ぎんみかた》与力のような口調になって、十蔵の状況証拠を積みあげていった。

「先ず、撃たれた勘定奉行の叫び声から、狙撃に伊豆守さまが関与していることが想像できます。

兄上はその伊豆守さまの腹心です。しかも伊豆守さまが後ろ盾になっている、隠し番屋『狐の穴』の頭領です。伊豆守さまに命じられれば、勘定奉行の狙撃を拒むことはできないでしょう。

そのうえ兄上は、勘定奉行の屋敷の屋根から、短筒で撃たれております。当然、その報復の気持ちもあるでしょう。

さらに決定的なことは、勘定奉行大久保備前守が、父上の仇の片割れだということです。どのみち討たずにはおかれぬ相手でした。

ただ、兄上は鉄砲を所持しておらず、射撃の腕前が柔術や剣術のように定かではないので、それが障害となって兄上の仕業と決めることができなかったのです。

でもこうやって改めて状況を眺め直してみると、どうしても兄上の仕業としか思えません。やはり、勘定奉行を撃ったのは、兄上なんでしょう？」

「うーん」

十蔵は唸った。

「お純、見事な吟味ぶりだが、肝心要《かんじんかなめ》の『おのれ、伊豆守……』という叫びが、備前守の狂言だったら、どうする？」

「狂言ですって……どういうことなの？」

お純の目が宙を泳ぎ、お吉が微笑んだ。

「お吉さん、知ってるの？」

「ええ、昨日、狐の旦那とお屋敷に行って聞いたのですが、備前守は父から勘定奉行の罷免を言い渡されるのを妨げるために、一世一代の大芝居を打ったということでした」

「大芝居？」

「ええ、自分で自分のお尻を撃って、用意したあの台詞を叫んだのです。

　それがまんまと功を奏して、勘定奉行の罷免は沙汰《さた》止《や》みにせざるをえなかったそうです」

「おっほほほ……お吉さん、あんたいま、おかしなことを言ったわね」

「え？　何か間違っていたでしょうか」

「あんたは、備前守は父からって……、それでは伊豆守さまが、お吉さんのお父上だと聞こえるわ。お吉さんのお父上は、先代の四つ目屋忠兵衛なんでしょう？」

「あらっ！」

　お吉は顔を赤くして十蔵を見た。

「わっち、そんなこと言ったかしら？」

「ああ、ごく自然に言ってたぜ。気にするな。別に嘘を言ったわけじゃねえんだ」

　すると千代が、大きく目を見開いた。

「それじゃ、お吉さんのお父上は、本当は伊豆守さまだということなのかい？」

「はい、そうです。でも、違います。わっちのお父つぁんは、四つ目屋忠兵衛です」

お吉はこの機会にと、千代とお純に自分の身の上を包み隠さず話すことにした。

物心つく前に、母のお房《ふさ》が病気で死んでしまったために、同じ長屋の掏摸の親方、仏の善八に育てられたこと。

十三歳のとき、親方の善八が田舎侍の懐《ふところ》を狙って斬られて死に、後に残された十歳の猪吉、九歳の鹿蔵、八歳の蝶次を、一人前の掏摸に育てあげると決心したこと。背中に弁天さまの刺青を彫って、浅草奥山の女掏摸、弁天お吉の名を売ったことを話した。

そして、二十歳になったとき、二人の父親が現れたことも話した。一人は三河吉田のお殿さまで、もう一人は両国薬研堀の四つ目屋忠兵衛だ。

二人の話から、お吉が生まれる前、母のお房が三河吉田のお殿さまのお屋敷で女中奉公をしていたことがわかり、お屋敷を出てから四つ目屋忠兵衛の世話になっていたことがわかったが、どちらの子かはわからなかったのだ。

お吉は、どちらの子にもなる気がなかったから、すでに一人前の掏摸に成長していた猪吉、鹿蔵、蝶次を従えて、女掏摸弁天お吉の艶姿《あですがた》を浅草奥山に出没させていた。

そんなとき、颯爽《さっそう》と目の前に姿を現した八丁堀の狐に化かされて、気がついたら三人の弟分もろとも掏摸の足を洗い、病気で死んだ四つ目屋忠兵衛の跡を継ぎ、狐の旦那の情婦になっていたのだと、そこまで話したところでお吉は幸せそうな顔になった。

「おっほほほ……」

白面金毛九尾の狐が、喉を反らせて笑った。

そして御託宣《ごたくせん》を並べた。

「蓼《たで》食《く》う虫も好き好きというが、十蔵どのは幸せ者だね。こんなに好いてくれる人は後にも先にもお吉さん一人だろうよ。

さて、どうするね。

お吉さんが、刺青を背負った元女掏摸というだけだったら、なんの問題もなく、このまま十蔵どのの嫁として転がり込んでもらえたのに、老中首座松平伊豆守さまのご落胤《らくいん》とあっては、それなりの手続きも必要なんだろうね。

ま、慌てて決めても、十蔵どのが曲狂之介に斬られてしまえば無駄になる。

お吉さん、あんたの身の振り方は、十蔵どのが無事に曲狂之介を討ってからにしたいが、それでいいだろうか」

「はい」

お吉は神妙に答え、

「おっほほほ……」

千代は満足そうに笑ってから、眠そうに欠伸《あくび》をした。

三

月が変わった。

中秋の八月になって、月番が南町奉行所に移った途端《とたん》、柳原土手や山谷堀から辻斬りの姿が消え、料理茶店や岡場所から強請《ゆすり》の噂が聞かれなくなった。

嘘のように平穏無事《へいおんぶじ》なのだ。

南町奉行は、就任して間のない根岸肥前守《ねぎしひぜんのかみ》だが、その辣腕《らつわん》ぶりは夙《つと》に有名で、悪党どもは南の月番には鳴《な》りをひそめた。

その分、悪党が縦横無尽に横行する、北町奉行小田切土佐守の評判は芳《かんば》しくなく、ちらほらと更迭の噂が聞こえていた。

むろん、火のない所に煙は立たない。

久しぶりに火種の六人の悪党が、勘定奉行大久保備前守の屋敷に顔を揃えていた。

微かに屍臭《ししゅう》のような膿《うみ》の臭いが漂う座敷の、分厚《ぶあつ》い絹布団に俯せに寝た手負いの羆《ひぐま》、勘定奉行の大久保備前守。

隻手《せきしゅ》の短筒魔、紀州屋三右衛門。

独楽まわしの斬人鬼、曲狂之介。

非番の北町与力、貪欲な川獺、狩場惣一郎。

その腹心の強請同心《ゆすりどうしん》、山崎主膳と大江一真の六人だ。

「うふふふ……屋形船の顔が揃ったな」

羆は上機嫌だ。が、顔色が悪く、体がむくんでいた。容態が悪そうだ。

羆はそんな不安を払拭するように大声になった。

「みな、喜べ！　わしらに運が向いてきおったぞ」

意気は軒昂《けんこう》だ。

何かわからぬが、余程、いいことがあったようだ。

腹這いの羆が、亀のように首を持ちあげ、懸命に喋っている。

「ついに伊豆守が、わしの罷免を諦めおったわ。

うふふふ、それだけじゃないぞ。聞いて驚くな。わしの北町奉行が内定したぞ！」

うおおーっ！

座敷がどよめいた。

「またどのようなことがあって……」

川瀬が半信半疑の顔で訊いた。

「勘定奉行を罷免になる寸前から、一転して北町奉行の内定という、奇跡みたいなことが起こったのでございますか？」

「だから言ったではないか、わしらに運が向いてきたと……」

羆が楽しそうに、北町奉行の内定に至った経緯を話しはじめた。

「わしが何者かに狙撃されたとき、上さまのご名代が、いの一番に見舞いに来てくださった。

わしも驚いたが、周りも驚愕した。

一躍、わしは注目された。

一方、わしを追いつめていた伊豆守は、『おのれ、伊豆守……』というわしの叫びで、狙撃に関与しているのではないかと疑われ、その結果、切歯扼腕《せっしやくわん》して、わしの罷免を諦めた。

　そして蔭にあって、そうなるように仕向けたのが、上さまの側用人である、さ、さるお方だった」

　羆はそこまで話して、疲れたように枕を抱くと、くぐもった声になった。

「さるお方は、かねてより政《まつりごと》の実権を伊豆守から奪取しようと画策していて、伊豆守の敵である主殿頭派のわしに肩入れしてくれたのだ。

　敵の敵は味方、というやつだ。

　さるお方はさらに、上さまが辻斬りの横行を耳にされ、北町奉行の不甲斐なさを嘆いておられると、非公式に老中に伝えた。暗に北町奉行の更迭を命じ、わしを後任に押してくれたのだ」

　川瀬が納得した顔になった。

「おめでとうございます!」

　そう言った川瀬の声が弾む。羆が北町奉行になれば、北町与力の川瀬も安泰だった。

「おめでとうございます!」

　これも安泰と出世を約束された、山崎主膳と大江一真が、満面の笑みで声を揃える。

羆は眠ってしまったのか、声を返さなかった。

「ぐふふふ、誰が撃ったか知らねえが……」

曲狂之介が皮肉な口調になって、はしゃいでいる与力と同心に声をかけた。

「この結果を知ったら、地団駄《じだんだ》踏んで悔しがるだろうな。それであんたらにゃ、撃ったのが誰か、わかっているのかい？」

「そんなことは改めて言うまでもなかろう」

川獺が何をいまさらという顔で答えた。

「伊豆守に命じられた八丁堀の狐が、自分が撃たれた町屋の屋根から、狙ったに決まっておるではないか」

「ほほう。狐が鉄砲を撃つとは知らなかった。八丁堀じゃ、あんたらも鉄砲の訓練をやるのかい？」

「わ、わしらはやらない。が、狐はどこかでやったんだろう。とにかく撃ったのは、狐に決まっておる」

「ならば、なぜ召し捕らぬ？」

「わしは二度も、狐を召し捕ろうとしたわ！」

川獺は心外そうに声を荒げた。

「一度目は柳原土手の辻斬りとしてだが、わしは六人の定町廻り同心と、三十人の捕り方を率いて、狐とその仲間を取り囲んでやったわ！」

「それで狐を召し捕ったのかい？」

意地悪く曲狂之介が訊いた。川獺がそのとき、八丁堀の狐に「竜巻落とし」を食らって、気絶したことを知っているのだ。

「ごほっ！」

川獺は咳き込み、ぬけぬけと言った。

「はじめて一緒に出動した、六人の定町廻り同心と、三十人の捕り方の呼吸が合わず、惜しくも捕り逃がしてしまった」

人斬り鬼は嘲笑を浮かべ、冷ややかな声を浴びせた。

「そのとき狐を捕えておれば、いや、寄って集《たか》って討ち果たしておれば、翌日の狙撃はなかったであろうな」

「だから、わしは翌朝も八丁堀の狐を召し捕ろうと、柳原土手と同じ陣容で『狐の穴』を急襲した。が、これも惜しくも狐が出かけた後だったのだ」

「ぐふふふ、惜しくもか。臆病者には便利な言葉だ」

「ぶ、無礼な！」

川獺が激昂した。

「雑言《ぞうごん》、許さぬぞ！」

「ぐふふ……どう許さぬ？」

人斬り鬼が朱鞘の大刀を引き寄せる。

「二人とも止《よ》さぬか！」

紀州屋三右衛門が叱り、それから怪訝《けげん》そうに訊いた。

「曲さま、どうなさいました？　何をそんなに苛立っておいでなのです」

「ふうむ」

人斬り鬼が唸った。

「わしが苛立っているように見えるか？」

「はい、珍しいことです。それに何やら怯えているようにも見えますな」

「ぐふふ、わしが怯えて見えるか」

人斬り鬼のあばた面が歪む。

「その理由ならよくわかるぞ。わしの守護神が、ここは危険だと言っておるのよ。

紀州屋、悪いが、わしは先に帰ることにする」

「それはまた急でございますな」

「わしはこの勘を信じているから、百人を超える人間を斬っても、こうして生きておるのよ。

ぐふふふ、もしわしが機を逸して、惜しくもなどと言っていたら、たちまち屍《しかばね》を晒すことになってしまう」

「ま、まだ申すか！」

川獺が怒鳴ったが、二人は黙殺した。

「紀州屋、悪いことは言わぬ……」

曲狂之介は立ちあがると、朱鞘の大刀を腰に落とし、無遠慮に言い放った。

「おぬしも早く帰ったほうがいいぞ」

「はい、そういたしましょう」

紀州屋は逆らわずに答え、座敷を出て行く人斬り鬼を見送ると、川獺を振り向いた。

「狩場さま、本日は御前もお疲れのご様子。これでお開きにいたしましょう」

「そ、そうか……」

川獺が未練たらしく、枕を抱えて目を閉じている羆を見て、声をひそめた。

「あいつをこのまま放っておくのか？　わしは許さぬぞ」

曲狂之介のことだ。

「じつはわたしも持て余しております」

紀州屋も声をひそめ、川獺を唆《そそのか》した。

「狩場さま、町方与力のご威光で、あの斬人鬼を召し捕り、密かに責め殺すことはできませぬか？」

「ごほっ！　そ、それは、できぬことはないが、なにしろ、いま、わしら北町は非番、捕り方が動員できぬのだ。

それより、紀州屋。おぬしの短筒があるではないか。それで何とかならぬか？　いかな不死身の化物爺いでも、飛び道具には敵《かな》うまい。あやつを持て余しているのなら、いっそのこと撃ってしまったらどうだ？」

「ふふふ、狩場さま、わたくしは、これこのとおり……」

紀州屋が手首から先がない右腕を見せて切り口上になった。

「これでまた短筒を持った左手を斬られたら、算盤《そろばん》を弾く指が一本もなくなってしまいます。

憚《はばか》りながら、この紀州屋三右衛門は、商人でございます。化物爺い退治は、ご免蒙《めんこうむ》りましょう。

それより狩場さま、たまには他人《ひと》の褌《ふんどし》ばかりで相撲《すもう》をとらず、八丁堀の狐退治と、化物爺い退治に、ご自分の身命を賭した働きをなさってみたらいかがでしょうか」

「そ、そんなこと、き、紀州屋……」

川獺は顔色を変え、憤然となった。

「おぬしに言われる筋合いはないわ！」

刀柄に手が行く。

すると、すうーっと紀州屋の左手が懐に滑り込んだ。

短筒の銃把《じゅうは》が見える。

「あわわわ……」

川獺は慌てて刀柄から手を離す。

「どいつもこいつも、八丁堀の与力、同心を何だと思ってやがる！」

川獺が目を三角にして怒声を浴びせた。

「おしら八丁堀の与力、同心が、本気でやろうとしたら、商人など、日本橋の大《おお》店《だな》といえども造作なく闕所《けっしょ》にできるし、人斬り浪人など一人残らず江戸から追放できる。

敢《あ》えてそれをしないのは、江戸の町で悪党どもを引き受けてやろうという、江戸幕府開闢《かいびゃく》以来の大方針があるからだ。つまりお目こぼしというやつだ。

これをなくして、ご定法どおりにしたらどうなるか。

なんなら、わしら三人が身命を賭して、日本橋の呉服商、紀州屋三右衛門の不正を暴いて、店を闕所にしてやったっていいんだぜ」

自尊心を傷つけられた川獺は、身も蓋《ふた》もない恫喝《どうかつ》をした。

紀州屋の顔色が変わり、俯いて唇を噛む。

「ふん」

川獺は満足そうに鼻を鳴らした。

「帰るぞ!」

腹心の同心、山崎主膳と大江一真に声をかけると、もう一度、ふんと鼻を鳴らして、座敷を出ていった。

羆が臥《ふ》せる座敷に静寂が訪れた。

ころころと、廊下で蟋蟀が鳴いた。

羆は枕を抱いて目を閉じていた。が、眠ってはいない。ときどき、お尻をもぞもぞと動かした。

紀州屋は所在なげに短筒を弄《もてあそ》んでいた。

蓮根《れんこん》のような形の弾倉を開ける。

蓮根の穴は六つあった。

四つの穴が弾丸で埋まり、空洞が二つあった。

六発込めてあった弾丸は、すでに二発、発射していたからだ。

一発は、紀州屋自身が、この屋敷の屋根の天辺から、向かいの町屋の屋根にいた、八丁堀の狐を狙って撃った。

その弾丸は、偶然が重なって、最初に盗賊鬼坊主の清吉の腹に当たり、次いで狐の手下の鹿蔵の右脚に当たり、最後になって、狙った八丁堀の狐の左肩に当たった。

二発目は、羆が自分で自分の尻を撃った。

「紀州屋……」

羆がうっすらと目を開けた。

「はい」

紀州屋は懐に短筒を入れる。

「一体、何が起きた……」

羆は亀のように首をもたげて訊いた。

「さっきまで、わしの北町奉行の内定を、あんなに喜んでくれていたのに、すこしうとうとして目が覚めたら、すでに人斬り鬼の姿はなく、珍しく興奮した紀州屋が、川獺を扱《こ》き下ろしていた。そして川獺の虚仮威《こけおど》しの反撃が始まった」

ごほっ！

苦しそうな咳をした。

掛け布団が揺れ、もわーと、膿の臭いが漂う。

「ふふふ、紀州屋、よく我慢したな……」

羆は面白そうに笑った。

「わしが薄目を開けたとき、ちょうどおぬしの左手の指が、ぴくぴくと動いているのが見えた。こりゃ撃つつもりだと、すぐにわかったぞ」

「大久保の殿さまに、川獺を撃つと見破られましたか……」

紀州屋は悪びれずに答えた。

「もし川獺一人なら、撃っていたでしょう。が、あの場合、川獺を撃ったら、二人の同心も撃つことになります。

あの三人に貴重な弾丸を三発も使えません。これほど勿体ないことはございませんからな。あの三人には斬人鬼の『落石砕き』がお似合いでしょう」

「だからなぜなんだ？　これまで上手くいっていた仲間同士が、なぜ殺し合う羽目になったんだ」

「きっかけは曲さまが、軽薄な川獺ら三人を皮肉ったことが始まりでした。あとは連鎖反応でわたしまでが巻き込まれ、引くに引けなくなってしまったのです」

「それで、最初に火をつけた人斬り鬼はどうしたんだ？」

「守護神のお告げがあったとかで、ここにいるのは危険だと、さっさと退散しました」

「守護神のお告げ？」

「はい、勘だと申しておりました。人斬り鬼の尋常《じんじょう》でない嗅覚が、ここで何か危険な臭いを嗅いだのでしょう」

「まさか、これを勘づかれたんじゃ、ないだろうな？」

羆が左手の指で短筒の形をつくり、自分の尻を撃ってみせた。

「それは大久保の殿さまとわたししか知らぬこと。勘づかれようがございません。

　おそらく曲狂之介は、それとは別のもっと重要な何かを、敏感にここで嗅ぎとって、長居は無用とばかりに退散したのではないでしょうか」

　いつしか紀州屋三右衛門が、探るような目の色と声になっていた。

「大久保の殿さま、人斬り鬼の曲狂之介に何を嗅ぎとられたか、心当たりはございませんか？」

「そ、それでは、人斬り鬼に、これを勘づかれたのかもしれぬぞ」

　羆は落ち着きを失って、もぞもぞと体を動かした。

　酷《ひど》く動揺していた。

　ううーむ！

　傷口が痛むのか、呻き声を洩らす。

「紀州屋、松庵を呼んでくれぬか」

　紀州屋は屋敷に控えていた医者の松庵を呼ぶと、入れ替わりに座敷を出ようとし、羆に呼び止められた。

「そ、そこにいてくれ！」

これまで羆は、撃った傷の治療を誰にも見せようとしなかった。

それが変化した。

何やら重大な決意をしたようだ。

「紀州屋……」

悲しい響きが籠もった声で羆が吠える。

「人斬り鬼の勘が当たっているかどうか、その目でしかと確かめてくれ！」

医者の松庵がおろおろし、怯えた目で紀州屋を見て、首を小さく横に振った。

四

松庵は、そろっと掛け布団を外した。

もわっと悪臭が漂う。

膿の臭いだ。

屍臭《ししゅう》に似ていた。

紀州屋が顔を顰《しか》める。

松庵が羆の寝間着の裾を捲りあげると、分厚《ぶあつ》く重ねた晒し木綿が、尻の傷を覆っていた。

その尻が巨大だ。まるで石臼《いしうす》のようだ。

晒し木綿を取ると、肌の色が悪い。紫色だ。しかも腫《は》れている。

通常の二倍にも腫れあがっているのだ。

「……黴菌《ばいきん》が入ったのです」

松庵が言った。

「医者のあんたは何をやってたんだ？」

紀州屋は松庵を詰《なじ》った。

「銃創《じゅうそう》のほかに……」

松庵が弁解しはじめる。

「火傷《やけど》があったのです」

一転、松庵は饒舌になった。

「それをわしは聞いていなかった。火傷が化膿し、その膿が銃創の傷口に入ったために高熱を発し、危なかったことが何度かあった。

わしは別の医者を勧めた。何度もだ。

だが、頑として聞いてもらえなかった。

わしだって、お殿さまが日々悪くなって行くのを眺めているのが、辛くて堪らないんだ！」

紀州屋三右衛門は、松庵にぶつけようとした怒りの言葉を呑み込んで、茫然《ぼうぜん》となった。

大久保備前守は、発射時の火傷の痕から、自分で撃ったことが露見するのを恐れ、あえて藪医者にかかり続けて、この秘密だけは守り抜く覚悟のようだ。

最悪の場合でも、老中首座松平伊豆守に狙撃されたことと、北町奉行に内定したことを土産に、墓場まで秘密を持って行くつもりのようだった。

やがて、松庵が治療を終えて、座敷を出て行った。

「紀州屋、どうだ……」

さっそく、羆が訊いてきた。

「人斬り鬼の勘は当たっていそうか？」

「御前、すぐ、良い医者に診《み》せましょう」

「松庵に診せておる」

「松庵では駄目です。もっと、ちゃんとした医者に診てもらいましょう」

「火傷を何と説明する？」

羆は自虐的な笑みを浮かべた。

「ふふふ、松庵は最初、火傷に気づきもしなかったぞ。わしにとってはそっちのほうが名医なのよ。それに痛み止めの麻薬も手に入れてくれる。阿片《あへん》だ。これは効くぞ。わしの医者は松庵一人だ。

それで改めて訊くが、人斬り鬼の守護神の御託宣は当たっていそうか？」

「はい。伊達《だて》に百人を超える人を斬ってはいないようです。おそらく大久保の殿さまの、土壇場の選択も考えて、さっさと泥船をおりてしまったのでしょう」

「土壇場の選択？」

「大久保の殿さまは、いくら悪党ぶっても所詮は直参旗本です。土壇場になれば武士の対面、家名を優先させると、看破《かんぱ》したのでしょう」

「それで、紀州屋、おぬしはどうする？」

「わたしですか、とりあえずわたしも泥船をおりることにします」

紀州屋三右衛門は、羆を見返してにっこり笑った。

「大久保の殿さま、はい左様《さよう》ならでございます」

「ぐははは、この恩知らずめ！」

罵の咆哮《ほうこう》が座敷に轟《とどろ》いた。

「とっとと消え失せろ！」

大久保備前守は、ぎゅっと枕を抱いて、廊下を遠ざかる紀州屋の足音を聞いていた。

「うふふ、あっさりと、はい左様ならか……」

紀州屋とは二十数年来の仲だ。これまで、さまざまな悪事に荷担してきた男だった。

「よかろう。いっそ、これでさっぱりした。沈みかけた泥船の意地を見せてやろう」

庭で蟋蟀《こおろぎ》が鳴いていた。

ぱんぱん！

腹這いのまま、手を叩いた。

蟋蟀が鳴き止み、用人の石川兵庫が素っ飛んでくる。

「お呼びでございますか？」

兵庫をはじめとする家臣には、紀州屋などのいかがわしい来客があるときは、呼ぶまで来るなと命じてあった。

「兵庫、喜べ！」

備前守は満面の笑みになった。

「わしの北町奉行が内定したぞ！」

「そ、それは……」

石川兵庫の重厚な風貌が喜びに震えた。

「真実《まこと》でございますか？」

「そうだ。よかったな、兵庫。これでお前の北町奉行所、筆頭内与力が決まった」

「夢のようでございます」

「これも先日お前が使者に立ってくれた、主殿頭派をお慕いする方々のお口添えがあったからだ。

即刻、北町奉行内定のお礼を申しあげにいってくれぬか。

そして狙撃されたわしの傷は、お蔭さまで快方に向かっていると、重ねてお礼を申しあげておいてくれ」

「畏《かしこ》まりました」

「それからもう一つ、兵庫、お前の喜ぶことがあるぞ」

「何でございましょう?」

「うふふ、わしはお前が嫌っていた紀州屋と絶縁した。もう二度と、あの男とあの男の仲間が、この屋敷に出入りすることはない」

「な、なんと……」

兵庫はにっこりと笑った。

「それはお目出度《めでと》うございます」

「うふふふ、目出度《めでた》いか。ま、そうしておこう」

「それでは、殿、行って参ります」

「あ、待て。もっと香を焚いていってくれぬか」

一瞬、兵庫が眉をひそめた。

すでに、部屋には噎《む》せるほどの香が焚かれているのだ。だが、兵庫は何も言わず、もう一つ焚いて座敷をでた。

備前守は再びぎゅっと強く枕を抱くと、廊下を遠ざかっていく兵庫の足音を聞いた。

「兵庫、許せ」

備前守は枕を抱きながら呟いた。

「お前には糠喜《ぬかよろこ》びをさせることになるかもしれぬが、わしの北町奉行の内定は嘘ではない。さるお方が、伊豆守から言質《げんち》を取っておる。

わしはその事実を、一人でも多くの人に知っておいてもらいたいのだ。

そうでないと、もしわしが死んだら、伊豆守はそんな事実はなかったと、しらばっくれるに決まっているからな。

それで兵庫、お前に主殿頭派をお慕いする方々に、わしの北町奉行内定の事実を知らせてもらっているんだ。そうすりゃ、北町奉行所にもう一騒動起こせるはずなのだ」

備前守の枕を抱いた呟きに、自嘲《じちょう》と焦燥《しょうそう》の色が濃くなった。

「くっくく、自分で自分を撃って、死にかけてりゃ世話はないが、わしは一人では死なぬぞ。小田切土佐守を道連れにしてやろう。

わしが北町奉行に内定しているのに、しれっと居座っている土佐守の、なんとも憎いことよ」

廊下の下にいる蟋蟀が、ころせころせころせ、と鳴いていた。

幻聴だ。

痛み止めの阿片の副作用だった。


その翌日、八丁堀の狐崎家の屋敷は、朝から賑やかだった。

「四つ目屋忠兵衛」と「お紬」から避難していた、お吉、お茂、お美代、お紬、お銀が、投石が止んで安全になった、それぞれの店に戻る支度をしていた。

千代とお純も芝居に行かず、何かと五人に話しかけていた。

どうやら出て行かれるのが寂しいようすだ。

「ここにいたかったら、いつまでいたっていいんだよ」

千代が、一番のお気に入りのお銀を口説いた。

「そうすりゃ、また昨日のようにお芝居に連れて行ってあげられる。お銀ちゃんのような若い娘が、いつまでも閨の秘具だの媚薬だのと、妖しげな物を売っていちゃいけないよ」

「お婆ちゃん、ありがとう。ここもいいけど……」

お銀は屈託なく答えた。千代は「お婆ちゃん」と呼ばれても気にしている様子はない。

「静かすぎて退屈しちゃう。それにお芝居も面白いけど、岡場所に来るお客さんを見ていたほうがもっと面白いよ」

「おや、そうかい。それなら勝手におし」

千代はたちまち不機嫌な顔と声になる。

「お婆ちゃん、狡《ずる》い！」

お銀が面白そうに笑った。

「怒ったふりをして勝とうとして、そんなの卑怯だよ。でもお婆ちゃんは年寄だから、あたい負けてあげる。

十日に一度、あたいがここへ遊びに来てあげるからさ。ね、お婆ちゃん、それで機嫌を直してちょうだい。

さあ、お婆ちゃん、お願いよ。早く、笑って」

「こうかい？」

千代が、お婆ちゃんを連呼され、ぎごちなく微笑んだ。

「もうすこしよ、お婆ちゃん。もっと心から楽しいと思って笑わなくちゃ」

「それじゃ、こうかい？」

言われて千代が、今度はにっこりと笑った。

「わあーっ、嬉しい！　みんな、お婆ちゃんが、とっても綺麗な顔で笑ったよ」

白面金毛九尾の狐は、嬉しげに若いお銀に手玉に取られている。

そこへ、定町廻り同心の輪島正吾、西田東作、南崎健二郎の三人が、血相を変えて駆け込んできた。

「狐崎さま！」

先頭の南崎健二郎が叫び、集《つど》っている女たちの視線を浴びて、あわわと棒立ちになった。

「どうした、雁首《がんくび》揃えて」

十蔵が訊いた。

「それにお前《めえ》ら、今日は非番の筈《はず》だろう」

非番の同心は、前の月に扱った事件は続けて探索するが、大半は奉行所内にいて書類の整理などをするのが常だった。

「その北町奉行所が、蜂の巣を突《つつ》いたような騒ぎになっているのです」

「何があった？」

「こ、狐崎さまはご存じないので？」

南崎健二郎が意外そうに言った。

「だから訊いておる」

するとと同心三人が顔を見合わせ、同様に落胆の色を浮かべた。

「正吾どの」

千代が輪島正吾の名を呼んだ。

「さあ落ち着いて、北町奉行所で何があったのか、話してごらん」

白面金毛九尾の狐は、小娘には手こずるが、若い男を捌《さば》くのはお手のもののようだった。

「はい、千代さま……」

輪島正吾が、意を決したような早口になった。

「いま呉服橋御門内の北町奉行所では、お奉行の小田切土佐守さまが更迭されるという噂で持ちきりでございます。

早耳の狐崎さまは、本当にご存じないのでございますか？」

十蔵は首を振る。

「おれはそんな話、どこからも聞いてねえぞ。正吾、その噂の出所、わかるか？」

「はい、与力の狩場さまを取り巻く連中が、不手際《ふてぎわ》続きの北町奉行小田切土佐守さまは更迭され、後任は勘定奉行の大久保備前守さまだと、まことしやかに言い触らしているのでございます」

「くうっ！」

十蔵が、かっと目を瞠《みは》った。

「また川獺と羆か！」

大久保備前守の北町奉行など論外中の論外で、絶対にあってはならないことだった。

「お奉行はどうしておられる？」

「役宅に籠もったきりで、表に出て参りません」

「おれと同じで、まだ更迭の噂が耳に届いてないということはねえのか？」

「内与力の方々の慌てた様子から、とっくに噂はお耳に達していると思います」

内与力は旗本小田切家の家臣だ。お奉行が更迭になれば、共に奉行所を去って行かなければならない連中なのだ。

「更迭の噂を聞いても、お奉行も内与力も否定しようとしない。正吾、これはどういうことだ？」

「噂が真実だということでしょう」

「奉行所でも、みんな、そう思っているようなのか？」

「はい、さっそく、川獺に擦《す》り寄る者の姿が目につくようになりました」

「冗談じゃねえぜ！」

十蔵の目の奥で、狐火がゆらっと揺れた。

「羆や川獺に北町奉行所を乗っ取らせて堪《たま》るか！」

「おっほほほ、また十蔵どのが、羆だ川獺だと力《りき》んでいるよ。的外《まとはず》れだねえ」

千代が嘲《あざけ》るように笑った。

「的外れ？」

「そうじゃないか。十蔵どのが怒りをぶつける相手は、土佐守さまを更迭して、羆を北町奉行にしようとしている人物じゃないのかい？

十蔵どの、羆を北町奉行すると決めたのは、いったい誰なんだとお思いかね？」

「そ、それは……」

十蔵は一瞬言い淀んだ。

「最終的には、老中首座の伊豆守さまだ」

「おや、そうなのかい。あたしゃ、知らなかったよ。そいつは困ったことになったねえ。おっほほほ、あたしゃ、藪《やぶ》をつついて蛇を出してしまったようだ」

こほーん！

狐が甲高く鳴いた。

「お吉、行くぜ！」

凛《りん》とした声を放つと、

「あいよ！」

打てば響くように、お吉が応《こた》える。

「わっちが、ひっぱたいてやる！」

二人は、連れだってすーっと屋敷を出て行く。

「おやおや、これは大変」

その後ろ姿を見て、千代が珍しく狼狽《うろた》えたような声を発した。

「正吾どの、止めておくれ。あの二人は伊豆守さまをひっぱたきに行ったんだよ」

「うわっははは……」

正吾、東作、健二郎の三人の定町廻り同心は、声を合わせて笑った。

「千代さま、いくら八丁堀の狐が型破りでも、伊豆守さまをひっぱたくような真似はしませんよ」

「誰が十蔵どのだと言いました。ひっぱたくのは手の早い、浅草奥山の女掏摸だった弁天お吉だよ！」

驚いた三人の同心が慌てて追ったが、十蔵とお吉に追いつくことはできなかった。

第四章　真向唐竹割《まっこうからたけわり》

一

三河吉田の殿さまは、十蔵とお吉を眺めて楽しそうに笑った。

「わっははは、お吉がわしをひっぱたきに来おったか。それは怖いのう」

「お殿さま、わっちは真剣よ！」

お吉はにこりともしないでお殿さまを見据えていた。

「おっと、わかったわかった……」

お殿さまが、慌てて表情を引き締める。

「さあ、お吉、何でも訊いてくれ。わしも真剣に答えよう」

「羆《ひぐま》を北町奉行にするというのは本当なの？」

「そうだ、たしかにわしは備前守を北町奉行に内定した」

「まあっ！」

お吉が柳眉を逆立てた。

「何てことをしたのよ！」

まさにひっぱたく勢いで詰め寄る。

「羆は自分で自分を撃って、それをお殿さまの仕業に見せかけようとするような卑劣な男よ。そんな男に北町奉行になる資格はないわ！」

「わしも同感だ」

「まあっ、白々《しらじら》しい！　それならなぜ、そんな羆を北町奉行に内定したの？」

「うふふふ、敵を欺く苦肉の策だ」

お殿さまが微苦笑を浮かべた。

「上さまのお側にいる方から、備前守を北町奉行にするように強く推《お》された。それで已《や》むなく空手形を発行したのだ」

「そ、それって……」

お吉は戸惑ったように口籠もった。

「嘘をついたってこと？　お、お殿さまが、そんな大嘘を吐《つ》いて大丈夫なの？」

「わっはははは、お吉、わしは嘘など吐いておらぬぞ。備前守の北町奉行内定は正式なものだ。ただな……」

お殿さまが一瞬、老獪《ろうかい》な老中首座の職にあるときに見せる、鵺《ぬえ》のような表情になった。

「わしがどのような手形を発行したところで、『狐の穴』が備前守の狙撃の狂言を暴いてしまえば、すべてが白紙に戻ってしまう。空手形になってしまうのだ」

お殿さまは十蔵を振り向いた。

「うふふふ、そうであろうが、十蔵」

「お殿さま、博奕打ちの代貸だった、無鉄砲な岡っ引きの伊佐治でも、そんな大博奕は打ちませんぜ！

もし羆に逃げ切られたらどうするんです？

羆が北町奉行になって、真っ先に『狐の穴』が潰されてしまうんですぜ。まったく何を考えてるんだか」

「密偵の報告によると……」

お殿さまは十蔵の怒りに動じたふうもなく応《こた》えた。

「備前守の容態が悪いようだ。痛み止めに阿片を多用し、もはや回復の望みは薄いということだ」

「まさか！」

十蔵が驚きの声をあげる。

「罷は自分で撃ったんですよ。痛くもかゆくもない、掠《かす》り傷じゃ、なかったんですか？」

「その掠り傷から黴菌《ばいきん》が入ったらしい」

お殿さまは沈痛な表情になった。

「愚かなことに備前守は傷を化膿させ、すでに下半身の半分近くを腐らせてしまっているようだ」

十蔵とお吉は、想像だにしなかった意外な成り行きに言葉を失った。

「天罰だわ……」

ぽつりとお吉が呟いた。

お殿さまと十蔵は、無言で頷いた。

しばらくして、帰り支度をはじめた十蔵とお吉に、

「十蔵、お前に土産をやろう」

お殿さまが、無表情になって言った。

「備前守を診ていたのは、松庵という医者だ。昨夜、密偵が捕らえて来た。今ごろ、松庵がいなくなった備前守は、塗炭《とたん》の苦しみを味わっていることだろう」

引き渡された医者の松庵は、縛られ、目隠しをされていた。

松庵の薬箱には、ご禁制の阿片が入っていた。これだけで磔、獄門の罪になる。


十蔵は松庵を駕籠で「狐の穴」に連行した。

松庵の目隠しをとって、地下にある道場中央に引き据え、「狐の穴」の面々で取り囲む。

地下の道場に灯された百目蠟燭《ひやくめろうそく》の明かりに浮んだ「狐の穴」の面々の顔が、恐ろしげに歪んで妖しく揺れて見えた。

ひいっ！

松庵は、小さく悲鳴をあげて、ぶるぶると体を震わせた。

「おれは……」

十蔵が大音声を放った。

「北町奉行所与力、狐崎十蔵だ！」

その左右には、お吉、狸穴三角、伊佐治、七蔵、猪吉、鹿蔵、蝶次が、居並んでいる。

隠し番屋「狐の穴」の、お白砂だ。

こほーん！

十蔵が気取った咳払いを放った。十蔵がお奉行だ。

「その方の名を申せ」

「し、松庵と申します」

しどろもどろになりながら、松庵は答える。

「生業《なりわい》を申せ」

「町医者にございます」

「勘定奉行、大久保備前守を存じておるか？」

「備前守さまは……それがしの患者にございます」

「備前守はどこを悪くしてその方にかかっているのか？」

十蔵の声が、朗々と道場に響く。

「鉄砲で、撃たれたのです」

「どこを撃たれた？」

「臀部《でんぶ》でございます」

「臀部とは尻のことか？」

「左様《さよう》です」

「尻なら治りも早かろう。もう治ったのか？」

「……傷が化膿いたしました」

「医者のその方がついていて、か？」

ごくりと、松庵が唾を呑み込む。

「銃創のほかに火傷《やけど》があったのです。殿さまは、なぜかそのことを黙っておりました。その火傷が膿《う》んだのです」

十蔵が、にやりと笑う。

「その火傷、どうして負ったのか、わかるか？」

「存じません」

「知りたいか？」

「ご存じなので？」

「すべてお見通しだ。こうやって……」

手の指で鉄砲の形をつくり、銃口を臀部に当てる。

「だあーん！　自分で撃ったのだ」

「ま、まさか！　たしかに銃弾の当り所はよかったのですが、殿さまが自分で撃ったとは、思いもよりませんでした」

「そのとき、銃口から出た火で火傷を負った。ところが、それを知られたら、至近距離から撃ったことが露見してしまう。

とっさにそう判断した備前守は、医者のその方にも、火傷のことは黙っていたのだ」

「そ、それで殿さまは、誰にも傷を見せようとしなかったのか……」

松庵は沈痛な顔つきになって、叫ぶように言った。

「どんなに隠したって、そのために死んでしまっては、何にもならないでしょうに」

「備前守の傷の具合は、そんなに悪いのか？」

「わたしが捕まり、痛み止めの薬が手に入らなくなって……」

松庵がの目の色が狂おしくなる。

「いまごろ殿さまは、耐え難い傷の痛みに七転八倒していることでしょう」

「阿片は、その方が勧めたのか？」

「と、とんでもございません！」

松庵は慌てて首を横に振った。

「阿片は殿さまの苦しむ様子を見て、紀州屋さんが持って来たのです。わたしはそれを預かって、与えているだけです」

「あの屋敷に阿片は置いてないのか？」

「はい。ご家来衆には内緒ですから、全部、わたしが預かっております」

「それじゃ、備前守は気の毒に、襲ってくる猛烈な痛みにも、のたうちまわるしか手がねえってことか。

うふふふ、羆が苦しむ様子を想像するだけで、溜飲《りゅういん》の下がる思いがするぜ」

十蔵は含み笑いをすると、冷ややかに言い放った。

「へへへ、まったく、いい気味です」

伊佐治たちも嘲笑《あざわら》った。

「あんたらは鬼だ！」

見ていた松庵が、逆上して叫ぶ。

「人の情けはおろか、血も涙もない冷血鬼だ！」

すると十蔵は、大刀を引き寄せて激怒した。

「不埒者《ふらちもの》が、虫のいいことを抜かすんじゃねえぞ！　悪党にゃ、それなりの報いってものがあるのを知らねえのか！

今度のことだって、羆が伊豆守さまを陥れ、てめえが北町奉行になるために打った芝居なのだ。それが裏目に出たのを見て、ざまあみろと笑って何が悪い！」

「そ、それがあんたらの正体か！　悪党かも知れないが、あんたらに比べりゃ、大久保の殿さまのほうが、ずっとご立派だ！」

「おのれ、言わせておけば図に乗りおって！　松庵、てめえ、叩っ斬ってやる！」

十蔵は、遣り取りを聞いて呆気にとらていれる「狐の穴」の面々を尻目に、大刀を抜き放った。

「きええーっ！」

裂帛の気合いを発し、松庵の頭上に馬庭念流の「雷光の剣」を走らせる。

一刀のもとに真向唐竹割にする秘剣だ。

「きゃっ！」

お吉が、悲鳴をあげて目を閉じた。が、絶叫も血飛沫《ちしぶき》もあがらないので、そっと目を開ける。

十蔵が走らせた「雷光の剣」は、松庵の頭上から股下まで、体から紙一重離れたところの空気を斬り裂いていた。

「うーん」

刃音と刃風で松庵が気を失い、どさっと倒れた。

「伊佐治、そいつを捨ててこい！」

十蔵は、一転して爽やかな声を放った。

「いい加減なところへ捨てたんじゃ傍迷惑《はためいわく》だ。勘定奉行大久保備前守の屋敷に放り込んでやれ！　それから阿片の入った薬箱も一緒に捨てるのを忘れるんじゃねえぜ！」

「合点でえ！」

伊佐治の声も弾んでいた。


二日後、羆の命が尽きた。

その瞬間から、風向きが変わった。

勘定奉行大久保備前守の死の真相が、さざ波のように緩やかだが、確実に幕閣の間に浸透していくと、それまで劣勢だった老中首座松平伊豆守と北町奉行小田切土佐守が息を吹き返した。

むろん、「狐の穴」の面々の意気も軒昂だった。

「よーし、機は熟した！」

十蔵が両手で頬を張る。

「おれは仇討ちをするぜ！」

そう言って、お吉、伊佐治、七蔵、猪吉、鹿蔵、蝶次を見た。

「みんな、助太刀をしてくれるかい？」

「あいよ！」

お吉が真っ先に答えた。

「わっちらは何をやったらいいんだい？」

「おれたちゃ、身内……」

伊佐治たちも口々に言った。

「狐の旦那の仇は、おれたちの仇だ。遠慮なく、何でも言っておくんなせえ」

「みんな、よく言ってくれた。礼を言うぜ。

さて、おれの親の仇は一人じゃねえ。

先ずはおれの親父を斬った斬人鬼の曲狂之介。

次いで曲狂之介に親父を斬らせた、短筒魔の紀州屋三右衛門。

それから、親父を誘き出した川獺の狩場惣一郎だが、川獺には腹心の山崎主膳と大江一真がついている。

この五人を討たなきゃ、おれの仇討ちは終わらねえってことだ。

ところが、一人として楽に討てる相手はいねえ。下手すりゃ、江戸から逃げられちまう。

伊佐治、お前《めえ》は何をやってくれる？」

「それじゃ、あっしと七蔵とっつあんは、向島の紀州屋の寮と日本橋の店を見張って、紀州屋三右衛門の居所を突き止め、江戸から逃がさないようにしやしょう」

「よし、紀州屋は伊佐治に任せた。短筒を持っているから、間違っても二人だけで捕らえようなんて思うな。居所がわかったら、必ずおれに知らせろ。いいな？」

「へい！」

伊佐治と七蔵が、「狐の穴」を出て行った。

「さて、猪吉、鹿蔵、蝶次、お前らは人斬り鬼の曲狂之介を探してくれ。紀州屋と一緒かもしれねえが、羆が死んで縁が切れたかもしれねえ。岡場所を片っ端からまわって、『独楽まわし』の化物爺いが来なかったか訊くんだ。姿を現してりゃ、噂になっているはずだ」

「へい！」

猪吉、鹿蔵、蝶次の三人が、続いて出て行った。

「さて、お吉、お前は何ができる？」

「ふん」

お吉が鼻を鳴らした。

「残っているのは、川獺と二人の腰巾着だけじゃないか。それじゃ、わっちは、川獺に踏み込まれて壊された、店の修繕代を請求することにするわ。いくらにしようかな。あまり安いと失礼だから、三百両じゃどうかしら？」

「おいおい、修繕代が三百両とは、いくらなんでも高すぎねえか？」

「そうかしら。これには、投石で受けた損害も含まれているのよ。あの投石は、腰巾着の同心二人が『狐の穴』を騙《かた》って、岡場所の亡八を強請《ゆす》った仕返しだっていうじゃない。それなら強請ったお金は、こっちへ納めてもらうのが筋よ」

「それじゃあ、強請りの上前をはねることにならねえか？」

「そうよ。悪い？　わっちは、三百両、鐚一文《びたいちもん》、負けてやるつもりはないからね。さ、北町奉行所へ行きましょう」

「これからか？」

「早くしないとあの三人、奉行所を追われてしまうわ……」

お吉はいたずらっぽい笑みを浮かべた。

「そのときは、お奉行に請求するつもりよ」

「あはは、そいつは面白《おもしれ》え……」

お吉に教えられた恰好になるが、十蔵はこの際、お奉行に会っておくのも悪くないと思った。

「お奉行がどんな顔をするか楽しみだぜ」

二

北町奉行に内定していた勘定奉行大久保備前守の死によって、得意の絶頂から一転して、絶体絶命の窮地に立たされたのが、備前守の一の子分を自認していた、川獺こと北町奉行所与力の狩場惣一郎と、その腹心の同心の山崎主膳と大江一真だった。

「狩場さま、大変です！」

大江一真が顔色を変えて厠《かわや》から戻ってきた。

「た、只今、八丁堀の狐が情婦のお吉と連れ立って、お奉行の役宅に入って行きました！」

「げえっ、は、八丁堀の狐が来ただと？」

川獺は、たちまち怯えた表情で腰を浮かした。

「き、狐は、奉行所への出仕を許されたのか？　一真、主膳、狐が何をしに来たか、ぐずぐずせず、さっさと探って来ぬか！」

「は、はい！」

二人は部屋を飛び出して行ったが、すぐに血相を変えて駆け戻って来た。

「狩場さま、わかりました！　八丁堀の狐は、奉行所への出仕が許されたのではなく、情婦のお吉の訴えの介添役《かいぞえやく》として、お奉行に会いに来たようです。が、そのお吉の訴えというのが、とんでもないものでして……」

山崎主膳が、困惑の体《てい》で言い淀む。

「どうした？」

「は、はい……」

「何をしておる？　早く申さぬか！」

「は、はい、お吉は狩場さまに対して、『四つ目屋忠兵衛』の店を壊された修繕代など、総額で三百両を請求してきたそうです」

「な、何だと、巫山戯《ふざけ》るな！　何が三百両だ！　あんな店の修繕代など、三両で足りるわ！」

「ところが八丁堀の狐はぬけぬけと、われらが『狐の穴』へ納めるべき金も、含まれていると言ったそうです。『狐の穴』を騙って強請った金のことを言っているのに違いありません。

狩場さまが払わないときは、お奉行さまに請求すると言っておったそうでございます」

「く、くそっ！　狐め、汚い手を使いおって！」

川獺が歯軋りをした。

「狐は、お奉行の前でわしと対決して、わしら三人が料理茶屋と岡場所を強請った証拠を並べ立て、お奉行にわしを召し捕らせるつもりだ。

そ、そんな見え透いた手に乗せられる、わしではないわ！

主膳、一真、逃げるぞ！　ひとまずここは屋敷に逃れて、狐の裏をかく策を練ろうぞ！」

川獺ら三人は、風を食らった凧《たこ》のようにすばやく、北町奉行所から逃げ去っていった。


「十蔵、三人は出て行ったが、これでよいのか？」

お奉行の役宅の庭に面した座敷には、北町奉行の小田切土佐守、十蔵とお吉、隠密廻り同心の狸穴三角、定町廻り同心筆頭の竹塚一誠がいた。

「はい、お奉行、上首尾です。それにしても……」

十蔵は、物足りなさそうに答えた。

「ずいぶん呆気なく、出て行きましたね。これで川獺が北町奉行所に戻ることは難しくなったでしょう」

「なぜ戻って来られぬ？」

「弁解一つせずに、強請《ゆすり》を認めた格好になったからです。もし知らぬ存ぜぬと突っぱねられたら、逆に手こずるところでした」

「おぬしには、確たる証拠があったのではないのか？」

「お奉行さま、証拠はあったわけでは……」

言いかけた十蔵に変わり、お吉が答えた。

「それは、わっちの勘よ。羆《ひぐま》が撃たれた日に、あの二人の顔を見て、ぴんときたの。二人とも悪事の真っ最中といった顔つきだったわ。これは後でわかったことなんだけど、そのとき二人は料理茶屋と岡場所を強請っている真っ最中だったのよ」

「はあ、勘と申すか……とにかく、同心に裏づけを取らせることにしましょう」

お吉が誰の娘か知っているお奉行は、丁寧《ていねい》な口調で応じた。

「竹塚、聞いてのとおりだ。定町廻り同心の六人は、『狐の穴』を騙った山崎主膳と大江一真に強請られた見世に当たって、その二人の仕業とする証拠を見つけるんだ。

わかっていようが、一刻も早くこの事件の片をつけ、断じて南町の介入を許してはならぬぞ。

三角、隠密廻り同心のおぬしも、定町廻り同心の六人に力を貸してやってもらいたい。それから……」

お奉行は、表情を改めて十蔵とお吉を見た。

「十蔵、伊豆守さまのお許しを得てからになるが、北町奉行所に戻ってきてはくれぬか？」

お吉が、ぱっと顔を輝かせる。

「狐の旦那、よかったね」

言われた十蔵も、お吉には嬉しそうに頷いた。が、お奉行に向けた顔は厳しかった。

「承知しましたと申しあげたいのですが、おれには戻る前にやっておきたいことがございます」

「それは？」

「父の仇討ちです」

「それか……」

お奉行は黙りこむ。

むろん、北町奉行の小田切土佐守は、二十年前に十蔵の父、狐崎重蔵が斬られた経緯を知っていた。そして歴代の北町奉行と同じように、触らぬ神に祟りなしと、不運な与力の遺児である狐崎十蔵を敬遠してきた。

つまり、冷飯《ひやめし》を食わせてきたのだ。

北町奉行所への出仕を無用とし、隠し番屋「狐の穴」の活動だけは大目に見てきた。

ところが、ここにきて状況は大きく変わっていた。

傍目《はため》にもわかるほど仇討ちの機が熟してきているのを、お奉行も感じていた。

「よかろう」

ようやく、お奉行が口を開いた。

「見事本懐を遂げたら、筆頭与力として戻ってきてくれ」

「有り難うございます」

十蔵はあらためて神妙に頭をさげた。

ぐすん。

三角が鼻を鳴らす。

「狐崎さま、おめでとうございます。よかった、よかった。これでご母堂の千代さまもお喜びになるでしょう」

「あははは、三角、気が早《はえ》えぜ。そいつはおれが親の仇の斬人鬼、曲狂之介を真向唐竹割にしたときに言ってくれ。

それじゃ、お吉、行くぜ！」

「あいよ！」

十蔵とお吉は、颯爽と風を巻いてお奉行の役宅を後にした。

八丁堀の屋敷に逃げ帰った狩場惣一郎ら三人を追いかけるように、隠し番屋「狐の穴」の主、狐崎十蔵が、北町奉行所に復帰するという噂が聞こえはじめた。

「八丁堀の狐が、親の仇の曲狂之介を討ったら、北町奉行所に戻って筆頭与力になるそうです！」

噂を聞きつけてきた大江一真は、興奮した口調で告げた。

「お、おのれ、狐め！」

川獺が激昂した。

「筆頭与力のわしを追い出して、その後釜に座るつもりか！　み、見てろ、そうはさせぬぞ！」

「ど、どうなさるおつもりで？」

山崎主膳が不安そうに訊く。

「知れたこと！　狐に仇の曲狂之介を討たせぬのよ。そうすれば奉行所に戻れぬであろう」

「なるほど。曲狂之介に助太刀をして、狐を返り討ちにしてしまうんですな？」

「そうではないぞ。わしら三人で、狐より先に、曲狂之介を柳原土手と山谷堀の辻斬りの下手人として、討ち取ってしまうのよ。

そうすればわしらは、百人を超える人を斬った稀代の斬人鬼、曲狂之介を退治した大手柄で、北町奉行所に残れるはずだ」

「し、しかし、狩場さま……」

主膳と一真が、慌てて首を横に振った。

「あの化物には歯が立ちませんよ」

「ぐひひっ、なぜ歯が立たぬ？」

川獺の不気味な笑い声が響く。

「あの化物爺いが、まるで赤子のような無防備な状態になるときがある。そこを三人で襲えば、ぐふふっ、それこそ赤子の手を捻るようなものよ」

「あの化物が、そんな油断をしますか？」

大江一真が半信半疑の顔で訊いた。

「それが、することがあるんだ。わからぬか？」

「はあ、わかりません」

「ぐひひっ、主膳も一真も化物爺いの閨の秘技『独楽まわし』は知っておろう。あれをやっている最中を襲うのよ！」

「な、なーるほど！」

二人は「独楽まわし」が、仰向けに寝た姿勢で、女郎の尻を両手に乗せてまわす秘技と聞いていたので、その無防備な状態を頭に描くことができた。

「いひひっ……」

主膳がいやらしい笑い声を立てた。

「三千人の女郎を抱いたと豪語する化物爺いが、調子に乗って油断も油断、素っ裸で身に寸鉄も帯びずに仰向けに寝て、後ろから番《つが》っておりますな」

「えへへっ……」

一真が照れたように笑って話を継いだ。

「おまけに女郎の丸い尻を両手に乗せ、番った逸物を独楽の軸のようにして、くるくる、くるくる、とまわしているのだから、無防備なんてものじゃない。どうぞお斬りくださいと言っているようなものでございます」

「そうだな、斬ろうとしてはしくじる恐れがある。大刀で突く。わしら三人が、三方から同時に、大刀を突き出すしかないぞ」

川獺が残忍な笑みを浮かべた。

「敵娼《あいかた》の女郎には気の毒だが、独楽のようにまわっている女郎ごと串刺しにしてしまうんだ」

主膳が、そうだとばかりに頷く。

「いひひっ、百人を超える人間を殺した斬人鬼を仕留めるのです。女郎が一人くらい犠牲になっても、やむを得ないでしょう」

一真は、はたと思いついたような顔になって言った。

「あとは、化物爺いがどこで独楽まわしをやるか、でございますな」

「じつはそれがわからぬから困っておる」

川獺が難しい顔になって言い募《つの》った。

「とにかく神出鬼没《しんしゅつきぼつ》で場所を選ばず、最近では根津門前町の『大根や』で騒動を起こしたかと思うと、柳原土手の夜鷹を相手に独楽まわしをやってみせているといった具合だ」

「そういえば備前守さまのお屋敷で、化物爺いに最後に会ったとき……」

主膳が何かを思い出したような顔になった。

「近ごろの岡場所では深川の『あひる』が面白いというようなことを言っておりましたが」

あひるとは富岡八幡宮の参拝客を当て込んだ、深川の南端にある岡場所だ。

「ふーむ、あひるとは、また厄介なところへ……あそこの無法者は、十手持ちの生肝《いきぎも》を食らうという。わしらは木戸の内側には入れないってことだ」

川獺の脳裏に忌まわしい記憶が甦ってきた。

先般、宿敵の八丁堀の狐退治の秘策として、凄腕の定町廻り同心だった羅刹《らせつ》の九蔵《きゅうぞう》こと蛭川《ひるかわ》九蔵を、臨時廻り同心として復帰させた。

その羅刹の九蔵は、あひるの岡場所を拠点にして、八丁堀の狐を何度も危機一髪の窮地に追いつめた。が、ついに退治することはできず、逆に狐の反撃を喰らって、馬庭念流の秘剣「雷光の剣」で、胴を両断されてしまったのだった。

「わしらの手でやれないとなると、誰かにやらせるしかないか……」

川獺が思案をしながら呟くと、狡猾《こうかつ》な目の色になって主膳と一真を見た。

「お前たち二人が『狐の穴』を騙って強請った金の中から、軍資金として百両ずつ拠出《きょしゅつ》してくれねえか」

「ど、どうして……」

二人とも不満そうに訊いてくる。

「あひるの四六見世《しろくみせ》『赤鬼《あかおに》』の亡八は、羅刹の九蔵の岡っ引きをしていた、赤鬼の大造《だいぞう》という二股膏薬《ふたまたごうやく》の八九三《やくざ》なんだ。

荒くれた子分も五、六十人はおる。

この赤鬼の大造に、二百両で独楽まわし中の曲狂之介を仕留めさせるのだ。

前金に百両。斬人鬼曲狂之介の首と引き替えに百両。合わせて二百両を、お前たちで用意してくれ。

ぐひひっ、八丁堀の狐の情婦のお吉に、三百両毟《むし》り取られると思えば、安くつくではないか」

「あ、危ない橋を渡って、手に入れた金が……」

主膳は情けなさそうに言った。

「百両も拠出をしたら、ほとんどなくなってしまいます」

「まあ、よいではないか……」

川獺は、自分の懐は痛まぬから鷹揚《おうよう》だった。

「このわしと北町奉行所へ戻ることさえできれば、百両やそこらの金はすぐに戻ってこよう。

違うか、主膳？」

「お、仰るとおりでございます」

気を取り直したように主膳が頭をさげた。

「すぐにも、金子《きんす》を取って参りましょう」

主膳が駆け出し、慌てて一真もその後を追った。

三

深川の岡場所、あひるの四六見世「赤鬼」の二階座敷から、稀代の人斬り鬼、曲狂之介の豪放な笑い声が聞こえた。

「がははは……愉快愉快！」

曲狂之介は真っ昼間から独楽まわしに興じていた。

「そーらそーら、祭りだ祭りだ、独楽まわしだよ！　くるくるまわして、極楽極楽！」

この驚嘆すべき膂力と精力を誇る化物爺いは、羆《ひぐま》の屋敷を出たその足でまっすぐにここに来て、それからずっと居続けていた。

羆こと勘定奉行大久保備前守が死んだことも、ここで聞いた。

羆は狙撃されたことにより人気が出て、念願の北町奉行に内定したが、撃たれた傷が因《もと》で死んだ。

ところが、死んでから、狙撃が自作自演の狂言だったとわかり、大久保家は改《かい》易《えき》となった。

羆の相棒だった紀州屋三右衛門の消息は、一向に聞こえてこない。さっさと上《かみ》方《がた》へ逃げてしまったようだ。

羆にべったりだった川獺と二人の同心は、慌てふためいているようだが、もうどうにもならないだろう。

一時は優勢だった羆の一味は、結局は惨憺《さんたん》たる負け組になってしまったのだ。

曲狂之介も負け組の一員だった。だから、紀州屋を真似て一刻も早く江戸を離れるほうが安全だった。

むろん、最初《はな》からそのつもりでいた。

そのつもりであひるにきて、とりあえず江戸を離れる前に、飽きるまで独楽まわしをやってみようと考えた。

ところが、なかなか飽きない。

それどころか、ますますよくなっていた。

こんないいもの、飽きるわけがなかったのだ。

さすがに、今日を最後にここを出て行こうと、さっき帳場に告げて、名残の独楽まわしを楽しんでいるところだった。

「そーらそーら、祭りだ祭りだ、極楽極楽！」

「あんた、いいよーう、い、いいーっ！」

敵娼《あいかた》の小菊《こぎく》が、声を嗄らしてよがる。

「そうかいそうかい、いいかいいいか！　そーらそーら、もっともっと、まわしてやるぞ！　くるくるまわして、極楽極楽！」

そのとき、すうーっと部屋に風が入ってきた。

小菊の尻をまわしながら、目だけでそっちを見た。

そろりと襖が細めに開けられ、その隙間から延びてきた腕が、朱鞘の大刀を掴もうとしていた。

曲狂之介の声に気合いが入る。

「そーらそーら、くるくるまわして、極楽極楽！」

左手だけで小菊をまわしはじめた。

空けた右手で、朱鞘をさっと引き寄せ口に咥えると、刀刃を鞘走らせて、外から延びてきた腕を即座に叩っ斬る。

「うぎゃーっ！」

絶叫があがり、どさっと腕が畳に落ちた。

「きゃあーっ！」

忘我の境地にいた小菊が金切り声をあげた。

どどどうっ！

廊下を押し寄せる足音がした。
四、五人か。
曲狂之介は、褌《ふんどし》をする間もなく右手の大刀を肩に担ぐと、どっかと座敷の真ん中に胡坐《あぐら》をかいて、座敷の入口を睨む。その姿勢なら天井の低い座敷でも存分に大刀を振るえるのだ。

どたん！

入口の襖が、勢いよく蹴り倒された。

喧嘩支度の八九三が形相も凄まじく、抜身の長脇差《ながどす》を手にして飛び込んできた。

口々に何か叫んでいるが、極度の興奮で、何を言っているのかわからない。

「おおおえーっ！　わあああーっ！　くわわわーっ！」

「ひ、ひときりーおにが、す、すわーてるぜ！」

真っ先に飛び込んできた長身の八九三が、長脇差を大上段に構えて、胡坐をかく狂之介の頭上に浴びせる。

がしっ！

男の長脇差の刀刃が、天井板を削って止まった。

ちぃっ！

口惜しげに叫んだ八九三の胴が空く。

ぶん！

人斬り鬼の豪剣「落石砕き」が、空いた胴を無造作に横に薙《な》いだ。

ばしゃ！

腹が裂け、ぱっと血煙があがった。

「うぎゃーっ！」

ばさっ！

次は脚を薙いだ。

「ぎゃあーっ！」

ずばっ！

その次は首を薙いだ。

「うげえーっ！」

胡坐の姿勢から繰り出す、人斬り鬼の豪剣「落石砕き」は、独楽まわしの快調さそのままに、八九三の頭、首、胸、腹、腰、尻、脚と、当たるを幸い横に薙ぎつづける。

「あわわわーっ！」

その様子を見ていた、四六見世「赤鬼」の亡八で、八九三の親分の巨漢、赤鬼の大造が悲鳴をあげて逃げ出した。

「おっと、逃がしゃしねえぜ、赤鬼の大造！」

返り血を全身に浴びて、こちらのほうが赤鬼らしいとも思える風貌になった曲狂之介が、大刀を肩に担いで行く手に立ちはだかる。

「大勢の子分を死なせて、自分だけ逃げ出すとは、ずいぶん薄情な親分じゃねえか」

「や、喧《やかま》しいやい！」

赤鬼の大造が開き直って叫ぶ。

「やい、人斬り鬼の曲狂之介！　わしの縄張りにやってきて、独楽まわしだ、落石砕きだと、ずいぶんとやりたい放題をやってくれたが、この赤鬼の大造に、何か含むところがあったとしか思えねえ。何を企んでいやがる。さっさと白状しやがれ！」

「ふん、そんなものがこれっぽっちもねえことは、お前にもわかっているはずだ。わしはお前の見世の小菊が気に入ったから居続けた。それも今日までだと、帳場に告げたはずだぜ。

赤鬼の大造、悪足掻きはみっともねえ。誰に頼まれてわしを襲ったか、さっさと言っちめえな！」

「教えたら、助けてくれるのか？」

「そりゃ、無理だ」

「それなら教えねえ」

「ふん、勝手にしろ。じゃ、斬るぜ！」

「ま、待て！　わし一人が斬られるのもつまらん。奴らも道連れにしてやろう」

不安そうにしていた赤鬼の大造が、にやりと笑った。

「独楽まわしの最中なら、あんたを殺せると言ったのは、北町与力の狩場惣一郎だ。同心が二人くっついていたな」

「ふん、出鱈目《でたらめ》を抜かすな！」

曲狂之介が怒声をあげる。

「どうせ嘘を吐くのなら、もうすこしましな嘘を吐いたらどうなんだ。川獺の野郎は、ちょっと前までは仲間だった。その川獺が、わしを殺して何の得があるゝ？」

「わしはそんなことは知らねえが、前金に百両もらい、あんたの首と引き替えに、後金の百両をもらうことになっているんだ。

何の得にもならねえあんたの首に、二百両の大金を払うとは思えねえぜ。それでもわからなきゃ、がたくり橋のところに待ってるから訊いてみたらいい」

「ぐふふふ、そうかい……」

人斬り鬼の笑いが不気味に響く。

「ありがとうよ」

ぶん！

落石砕きの刃音が鳴った。

ばしゃ！

赤鬼の大造の首が飛ぶ。

人斬り鬼の曲狂之介は、そのまま単衣を羽織ると、血刀を肩に担いであひるの木戸を出た。

がたくり橋の南詰広場に、編笠で顔を隠した狩場惣一郎と二人の同心が立っているのが見えた。

「おい！」

そっと近づき、大声をかけた。

「赤鬼の大造は死んだぜ」

「ひえええーっ！」

気づいた川獺が悲鳴をあげ、瘧《おこり》に罹ったように、ぶるぶると震えはじめた。

「お、おのれ、化物爺いめ！」

大江一真はそう叫んで刀を抜いた。

ぶん！

人斬り鬼の横へ薙ぐ一閃で、瞬時に一真の首が宙に飛んだ。

「お、おのれ、よくもよくも！」

山崎主膳が逆上して、刀を抜き放つ。

ぶん！

もう一閃。主膳の首も胴を離れる。

「うぎゃあーっ！」

絶叫をあげた主膳の体が、首のないまま二、三歩、前へ進んだ。

「わしの首を……」

曲狂之介が川獺に訊いた。

「二百両で買って、どうするつもりだったんだ？」

「そ、そんなことは言うまでもなかろう。首尾よくいけばわしの大手柄になるところだったのだ」

川獺は何かに憑かれたような顔で胸を張った。

「そうではないか。百人を超える人を殺めた稀代の斬人鬼、曲狂之介を討ち取ったとなれば、わしの北町奉行所での地位が安泰となったはずだ」

「ぐふふふ、それよりも百余人の仲間に入れてやろう。そっちのほうが、川獺にはお似合いだぜ」

人斬り鬼の曲狂之介が、不気味な声で笑った。

ぶん！

刃音も高く落石砕きの一閃を走らせる。

川獺の首が、いとも簡単に宙高く舞い上がった。

四

十蔵は、たった一人で「狐の穴」の道場にいた。

その出立《いでたち》が大仰だ。

何を思ってか「狐の穴」の出役姿になっている。

狐色の火事羽織《かじばおり》、野袴《のばかま》、陣笠《じんがさ》を身に纏《まと》い、草履を履いて、指揮用の三尺五寸の長十手で肩を叩いていた。

〈くっくくく、もしこれで紀州屋三右衛門が動かなかったら、大恥を掻くことになるぜ〉

しかし、あてずっぽうや山勘《やまかん》ではなかった。

伊佐治と七蔵の報告から、紀州屋三右衛門が上方へ発つのは、今日か明日だという確証めいたものを得ていた。

それより問題なのは、紀州屋三右衛門が上方への道中を、東海道で行くのか、中山道で行くのか、それがわからぬことだった。

〈それも、間もなく伊佐治が探ってくる。おっ、来たか……〉

慌ただしく階段をおりてくる足音が聞こえた。が、現れたのは伊佐治ではなかった。

おりてきたのは、斬人鬼の曲狂之介の行方を追っている、猪吉、鹿蔵、蝶次の三人だった。

「狐の旦那！　化物爺いの曲狂之介が、あひるの四六見世『赤鬼』にいやしたぜ！」

猪吉が興奮した声で叫んだ。

「『赤鬼』で何があったのか、化物爺いの曲狂之介は、豪剣『落石砕き』を振るって、楼主で八九三の親分の赤鬼の大造を叩っ斬り、子分も七、八人叩っ斬ってやす。

　しかもそれだけではなくて、あひるを出た曲狂之介は、がたくり橋の南詰広場で、あろうことか北町奉行所与力の狩場惣一郎と、同心の山崎主膳と大江一真の首も刎ねておりやす！」

「な、何てこった……」

　十蔵は絶句したが、やがて訊いた。

「それで曲狂之介はどうした？」

「へい、それが、憎いじゃありませんか。化物爺いのやつ、血刀を肩に担いだまま、一向に悪びれたふうもなく、悠然と立ち去ったそうでございやす」

「おのれ、町方を愚弄《ぐろう》しおって、許せねえ！」

　十蔵は怒りを露わにし、猪吉、鹿蔵、蝶次を見据えた。

「お前《めえ》らにはこのまま化物爺いを追ってもらいてえが、その前に一つだけ手伝ってもらいてえことがある。

　おれのこの格好を見ればわかるだろうが、先に紀州屋三右衛門を召し捕ってしまいてえ。いつ伊佐治が呼びに来てもいいように、おまえらも支度をしておいてくれねえか。

紀州屋三右衛門も、川獺たちが斬られたことを知ったなら、すぐにでも江戸を離れようとするはずだ」

「合点でえ!」

答えた猪吉、鹿蔵、蝶次も、すぐに狐色の半纏《はんてん》、股引《ももひき》、草履《ぞうり》、手に樫の棍棒《こんぼう》の出役姿になった。

そこへ、お吉がおりてきた。

「狐の旦那、わっちも混ぜておくれ」

返事も待たずに、さっさと十蔵とおなじ、狐色の火事羽織、野袴、陣笠、草履履きの出役姿になった。

半刻後、七蔵が戻ってきた。

「狐の旦那、紀州屋三右衛門は中山道を駕籠で行くようです。用心棒は浪人が二人。曲狂之介はおりません」

「そうか、紀州屋三右衛門も曲狂之介に見放されてはお終いだ。伊佐治は駕籠を尾《つ》けているんだな」

「へい、伊佐治親分は、板橋宿の手前の薄《すすき》が原《はら》でお待ちくださいと言ってやした」

「わかった。七蔵、お前《めえ》も着替えろ」

「合点！」

十蔵は、夜鷹蕎麦屋の七蔵が狐色の半纏姿になるのを待って、三尺五寸の十手を振った。

「それじゃ、行こうぜ！」

「おうっ！」

お吉、猪吉、鹿蔵、蝶次、七蔵が勇ましく応《こた》える。

薬研堀の船宿「湊屋」から、待機させてあった、二人船頭の屋根船に乗った。

「狐の旦那、品川と板橋、どっちになりやした？」

「狐の穴」の一員でもある船頭の新作に訊かれ、十蔵が答えた。

「大川を遡《さかのぼ》ってもらうことになった。敵さんの今夜の宿は板橋宿だが、ふふ、宿にたどり着くことはねえだろうよ」

屋根船は、両国橋、吾妻橋、千住大橋を潜り、さらに遡って川の名が荒川に変わったあたりまで進んだ。

それから、中山道の渡し場に近い岸の葦原《あしはら》に船を入れる。

「新作、お前はここで待っていてくれ」

十蔵の声を合図に、六人は次々に岸へ跳んだ。

狐色の出役姿の六人は、堂々と隊伍を組んで、先回りをした形になった中山道を、京都側から板橋宿に向かって行進した。

二列縦隊。

先頭の二人は、狐色の陣笠、火事羽織、野袴の十蔵とお吉。十蔵は尊大な顔をして、とんとんと長い十手で肩を叩きながら歩く。

真ん中の二人は、狐色の半纏、股引姿で、棍棒を手にした七蔵と猪吉。殿《しんがり》の二人も同じ格好をした鹿蔵と蝶次だった。

異風の六人の隊伍は、威風堂々《いふうどうどう》と、品川宿、内藤新宿、千住宿と並ぶ、江戸四宿の一つの板橋宿に足を踏み入れる。

お吉が縁切榎《えんきりえのき》に悲鳴をあげたため、一行は大きく迂回した。

上宿《かみしゆく》、石神井川《しやくじいかわ》に架かる板橋を渡り、仲宿《なかしゆく》の本陣前を通過して、平尾宿《ひらおしゆく》に入った。さらに進むと、滝ノ川弁天に行く道の脇に、広い薄の原があった。

「あ、狐の旦那、あそこです」

七蔵が言い、十蔵は満足そうに頷いた。

「ふふふ、伊佐治も、紀州屋三右衛門の墓場には勿体《もってえ》ねえような洒落《しゃれ》た場所を見つけたものよ」

十蔵はすうっと薄の原に近づくと、ぴょんと跳んで群生する薄の中に姿を消した。

こほーん！

こほーん！

こほーん！

薄の原のあちらこちらから、狐の鳴き声のような甲高い咳払いが聞こえた。

やがて戻ってきた十蔵は、狐色の火事羽織、野袴を裏返して、黒装束になっていた。

お吉たち五人もそれにならって羽織を裏返し、黒装束になって薄の原に身を潜めた。

ごおーん！

暮れ六つの鐘が鳴った。

日本橋側からきた小柄な旅人が、薄の原で立ち止まると、小声で呼んだ。

「狐の旦那、来てやすか?」

小柄な旅人の右頬に、刀疵がある。伊佐治だ。

「ここにいるぜ」

すぐ近くから、十蔵の声が返ってきた。

「よかった」

伊佐治は安堵の声をあげ、声のしたほうの薄の原に飛び込む。

「紀州屋三右衛門は、一服していた庚申塚《こうしんづか》の茶屋を出やした。もうすぐ来やすぜ」

「用心棒は?」

「へい、二人です」

声だけで、遣りとりをしながら近づき、十蔵の姿をとらえる。

「遣えそうか?」

「ま、見た目は強そうです」

「化物爺いと比べてどうだ?」

「あっちは人間じゃありやせんから」

「ふん、こっちは人間か。なら、大《てえ》したことはねえな。おれがこの十手で叩きのめしてやろう」

小声で話をしている十蔵と伊佐治を囲むように、お吉、猪吉、鹿蔵、蝶次、七蔵が集まってきていた。

「あ、狐の旦那、もう、あそこへ来やしたぜ！」

伊佐治が、威勢よくやって来る駕籠を指差す。

「あの駕籠に紀州屋三右衛門が乗ってやす！」

「よおーし」

十蔵が、ひゅんと長十手を振った。

「あとは手筈どおり。みんな、抜かるんじゃねえぞ！」

手下の六人は無言で頷く。

「一瞬たりとも動きを止めるな。止まったら最後、短筒の餌食にされると思え！」

再び六人が揃って頷いた。

えいほ、えいほ！

駕籠が、十蔵たちの潜んでいる目の前に来た。

「よおーし、襲え！」

十蔵は大音声で叫ぶと、駕籠の前に躍り出た。

「おれたちゃ、追剝ぎだぜ！」

ひゅん、ひゅん！

叫びながら、十手を二人の用心棒の脳天に食らわす。

「大人しく、金を出しやがれ！」

動きを止めないように、飛び跳ねて脅しをかける。

どたり！

用心棒が一人倒れた。

どたり！

もう一人も倒れた。

「わっせ、わっせ！」

猪吉、鹿蔵、蝶次の三人が、祭りの御輿《みこし》を担ぐような勢いで、駕籠を担ぎあげると薄の原に押し入れた。

「な、何だ、この野郎！　な、何てこと、しやがる！」

二人の駕籠かきが怒った。

「てめえら、か、勘弁、ならねえぞ！」

「すまねえなあ……おれたちゃ、追剝ぎなんだ」

伊佐治が詫びながら、二人に棍棒をお見舞いする。二人の駕籠屋は呆気なく白目を剝いて静かになった。

「わっせ、わっせ！」

猪吉、鹿蔵、蝶次が、駕籠を左右に大きく揺さぶりながら担いで、薄の原の中央に向かって運んでいく。

「や、やめろ！」

中から紀州屋三右衛門の狼狽えた声がした。

「金ならやる！　やるから、駕籠を揺するのをやめるんだ！」

「わっせ、わっせ！」

猪吉たちは、さらにいっそう大きく揺する。

「や、やめろ！　やめてくれ！　くそっ、やめないと後悔するぞ！」

「わっせ、わっせ！」

だあーん！

いきなり銃声が轟いた。

猪吉、鹿蔵、蝶次の三人は、駕籠を放り投げて横転させ、すぐに薄の原に身を伏せる。

紀州屋三右衛門が、左手に短筒を握って、横転した駕籠から這い出てきた。

「追剝ぎどもめ！」

紀州屋は憎悪を込めて罵った。

「どこへ隠れおった？　出て来い！　この短筒で撃ち殺してやる！」

がさっ。

紀州屋の背後の薄が鳴る。

「おのれ、そこか！」

だあーん！

悲鳴も絶叫もあがらず、銃声だけが虚しく轟いた。

「ちっ、逃げられたか！」

がさっ。

また別な場所で音がした。

ごそっ。

あちらでもこちらでも、がさごそと同じような音がしていた。

紀州屋は必死に目を凝らした。

目を細めて闇を透かして見ると、うっすらと見えるものがあった。

鳥が飛ぶような影を、いくつか捉えたのだ。

だが、影の正体はただの石だったり、棒きれだったりした。

何者かが石や棒きれを投げて、短筒を撃たせようとしていたのだとわかった。

「くうっ！」

紀州屋は臍《ほぞ》を噬《か》む。

まんまと嵌められて貴重な弾丸を二発も撃ってしまったために、短筒の弾倉には、あと二発しか残っていなかった。

がさっ。

ごそっ。

音は、まだ続いていた。

「もうその手は食わぬわ！」

元は武士だった紀州屋三右衛門が、大音声を放った。

「おそらく追剝ぎというのも偽りであろう。お前たちはいったい何者だ。さっさと出てきて正体を見せろ！」

こほーん！

意外に近くで甲高い咳払いがしたので、紀州屋は思わず銃口をそちらに向けた。が、用心して引金は引かなかった。

「あははは、惜しかったな、紀州屋……」

薄の中から、聞き覚えのある、凜《りん》とした楽しげな声がした。

「いま引金を引いていたら、八丁堀の狐を仕留められたろうよ」

「げえっ！　お前は八丁堀の狐か？」

「そうだ」

「こ、これは八丁堀の狐の罠なのか？」

「罠ってほどのものじゃねえ。単に先回りをして、ここで待っていただけだ」

「ふん、ここで待っていただけか。憎い言い種《ぐさ》よ。それでわしはこの後どうなる？」

「それを決めるのはおれじゃねえ。紀州屋、お前《めえ》だぜ。

短筒を捨てて、大人しく縛につくか、そうじゃねえかだ。さあ、どっちにする？」

「いまそれに答えるから……」

紀州屋三右衛門は観念したように言った。

「八丁堀の狐、どこにおる。お前の姿を見せてくれないか」

「わかったぜ」

八丁堀の狐が無造作に姿を現した。

その出立《いでたち》は、陣笠、火事羽織、野袴姿。長い十手でとんとんと肩を叩いている。

彼我《ひが》の距離は十間（十八メートル）余りか。紀州屋三右衛門は、一瞬の躊躇いも見せなかった。

だあーん！

放たれた銃声に負けじと大音声をあげる。

「これがわしの答えだ！」

八丁堀の狐が被っていた陣笠が、夜空に高く舞いあがった。が、狐は立っていた。

こほーん！

甲高い咳払いが薄の原に響いた。

きらり。

十蔵が大刀を抜き放つ。

「紀州屋、惜しかったな……」

あいかわらず、凜とした楽しそうな声音だ。

「おれは右に左にと走ってお前を斬る！　お前はおれを撃ったっていいんだぜ」

八丁堀の狐はそう言うと、裂帛の気合いを発した。

「きええーっ！」

声と同時に、猛然と走りだした。

迅《はや》い！

彼我の距離が、見る間に縮んでゆく。だが、左右に走るのではなく、まっすぐに走ってくる。

紀州屋は迷った。

短筒の弾倉に残る弾丸は一発。

狐は右に左に走ると言った。撃った瞬間には、どちら側へ跳ぶのだろうか。

右か。

左か。

狐の姿が眼前にまで迫ってきた。

紀州屋の心が定まる。

「右だ！」

声に出して叫んで、引金を絞った。

だあーん！

銃声が轟いた。

「あっ！」

思わず失望の声があがる。最後の銃弾は、八丁堀の狐の右側に外れて飛んでいった。

最後の最後に、狙いを右にずらしたぶんだけ外れていたのだ。

「き、汚ねえぞ！」

左右に走ると言った狐は、真っ直ぐに迫ってくる。

「化《ば》かしたな！」

今度は真っ直ぐに銃口を狐に向けた。

かちっ。

「く、くそっ！」

かちっ。

空になった短筒の引き金は、むなしく音をたてるだけだ。

「うぎゃーっ！」

短筒を握りしめていた紀州屋の左手が、高々と舞いあがった。

「地獄《あっち》で仲間が待ってるぜ！」

八丁堀の狐の放った「雷光の剣」の一閃が、紀州屋三右衛門を真向唐竹割にしていた。


数日後――。

中秋の名月のかかる柳原土手に、編笠で顔を隠した十蔵の着流し姿があった。

昨夜、また辻斬りが現れたのだ。

しかも、前回と同じように十蔵の名を騙って、ほろ酔い機嫌の遊客を真向唐竹割にしたとのことだった。

「おれは八丁堀の狐だ！　世のため人のために人間の屑を斬り捨てた！」

叫んだ言葉も前回とまったく同じ。明らかに斬人鬼、曲狂之介の仕業だと思われた。

〈化物爺いが、おれを挑発してやがる〉

十蔵にはそれがわかった。

〈ぞっとしねえが、おれを柳原土手に誘《おび》き寄せ、返り討ちにするつもりだ〉

それもわかっていた。

〈ふふふ、怖《こえ》えが、こいつばかりは逃げられねえ。親の仇を討つしかねえってことよ〉

ちゅう！　ちゅう！

夜鷹の客を呼ぶ鼠鳴《ねずみな》きが聞こえ、それに応《こた》える野放図な客の声が聞こえてきた。

「よしよし、あとで独楽まわしをしてやろう。その前に一つ片づけることがある。なあに、すぐに終わる。ここで待ってな」

曲狂之介だ。

「ふふふ、人を食った爺いだぜ」

十蔵は声に出して呟いた。

自分でも驚くほど落ち着いていた。

そろり。

大刀を抜き放つ。

「これまでは二度とも、斬人鬼に先手をとられちまっていた。三度目はおれから行くぜ」

十蔵は曲狂之介の前に躍り出て、八双に構え、大声で名乗った。

「おれは八丁堀の狐だ！」

本物の名乗りは、朗々としていた。

「世のため人のため、人斬り鬼の曲狂之介を斬り捨てる！」

そう叫ぶと、十蔵は跳躍した。

「きええーっ！」

跳躍した八双の構えから、迅い刀刃の一閃を、化物爺いの頭上に浴びせかける。

不意を打たれた狂之介の大刀は、まだ朱鞘の中だ。

とっさに、鞘ごと腰から抜いて、十蔵の一撃をがっしと受けた。

「がははは、こりゃ、たまらん！」

化物爺いの曲狂之介は、桁外れの膂力で十蔵の刀刃を簡単にはねあげると、ぶおっと朱鞘ごと十蔵の胴を横に薙いできた。

十蔵も意表を衝かれた。

大刀でとっさに払う。

キーン！

火花が飛び、鋼《はがね》が匂って、双方の刀が折れる。

化物爺いは、折れた刀を捨てると十蔵の首に手を伸ばしてきた。

摑まったら、独楽まわしの膂力で絞め殺されてしまう。

「でりゃあーっ！」

十蔵は、逆手にとって起倒流柔術の必殺技、竜巻落としを炸裂させた。

「わわわあーっ！」

化物爺いの体が高く舞いあがり、やがて錐揉み状態になって、頭から勢いよく落下していった。

ごきっ！

首の骨が折れたような派手な音がした。

「ふんぎゃ！」

曲狂之介は一旦長々と伸びたが、すぐに起きあがった。

こき、こきと首を鳴らすと、あばた面を歪めて笑う。首は折れてはいなかったようだ。

「がははは、ちょっとばかり効いたぜ！　ま、面白い勝負だった」

負け惜しみを言うと、狂之介はよろけながら闇に紛れて消えていく。

「たしかに、悪い勝負ではなかった……」

十蔵は釣られて答えて狂之介の後ろ姿を見つめ、つい追うことを忘れていた。

「ふふふ、楽しみは取っておこう」

父の仇である曲狂之介と、いつかは決着をつけなければならなかったが、なぜか急ぐ気持ちにならなかった。


狐崎十蔵の、北町奉行所への出仕が許された。同時に、隠し番屋「狐の穴」は閉鎖することになった。

地下の道場で、ふたりきりになった十蔵が、お吉に訊いた。

「お吉、八丁堀の屋敷へ来るか？」

にっこり笑ったお吉が問うてくる。

「奥様にしてくれるの？」

「もちろんだ」

お吉は思案顔になった。

「猪鹿蝶の三人の弟分も、連れて行ってもいい？」

　十蔵は困った顔をする。

「そりゃ、無理だ」

「……だったら、行くの止《よ》すわ。窮屈なのは苦手だし、わっちは今までどおりここで四つ目屋忠兵衛をやってるから、旦那が通っておいでよ」

「それでいいのか？」

「だって仕方がないでしょう」

　お吉が屈託なく笑う。

「それに、またいつ旦那が奉行所を追い出されるかわからないから、『狐の穴』はそのまま残しておくことにするわ」

　こーん。

　お吉が十蔵を真似て放った可愛い咳払いが、地下の道場に響きわたった。

＊この作品は双葉文庫のために
書き下ろされたものです。

双葉文庫

ま-08-17

八丁堀《はっちょうぼり》の狐《きつね》

大化《おおば》け

2008年6月20日　第1刷発行

【著者】
松本賢吾《まつもとけんご》

【発行者】
赤坂了生

【発行所】
株式会社双葉社
〒162-8540 東京都新宿区東五軒町3番28号
[電話]03-5261-4818(営業) 03-5261-4833(編集)
http://www.futabasha.co.jp/
(双葉社の書籍・コミックが買えます)

【印刷所】
慶昌堂印刷株式会社

【製本所】
藤田製本株式会社

【表紙・扉絵】南伸坊
【フォーマット・デザイン】日下潤一
【フォーマットデジタル印字】飯塚隆士

ISBN978-4-575-66336-5 C0193

藍川慶次郎
町触《まちぶ》れ同心公事宿始末
日照雨《そばえ》
長編時代小説〈書き下ろし〉

公事宿・鈴屋に持ち込まれる様々な「出入り物」。その背後に潜む悪を、町触れ同心の多門慎吾があぶりだす、人情捕物シリーズ第一弾。

藍川慶次郎
町触《まちぶ》れ同心公事宿始末
縁切り花
長編時代小説〈書き下ろし〉

縁切寺に駆け込んだお照を酒乱の亭主が取り戻そうとしていた。奉行の内命を受け、同心・多門慎吾は鎌倉東慶寺に向かう。シリーズ第二弾。

藍川慶次郎
町触《まちぶ》れ同心公事宿始末
初音《はつね》の雲
長編時代小説〈書き下ろし〉

義挙に燃える南部藩の浪人・相馬大作が弘前藩主の行列を襲撃した。捕縛された相馬の意を遂げようとする残党が動き出す。シリーズ第三弾。

秋山香乃
からくり文左　江戸夢奇談
風冴ゆる
長編時代小説〈書き下ろし〉

入れ歯職人の桜屋文左は、からくり師としても類まれな才能を持つ。その文左が、八百八町を震撼させる難事件に直面する。シリーズ第一弾。

秋山香乃
からくり文左　江戸夢奇談
黄昏に泣く
長編時代小説〈書き下ろし〉

文左の剣術の師にあたる徳兵衛が失踪した日の夕刻、文左と同じ町内に住む大工が、酷い姿で堀に浮かぶ。シリーズ第二弾。

芦川淳一
似づら絵師事件帖
喧嘩長屋のひなた侍
長編時代小説〈書き下ろし〉

駿河押川藩を出奔して江戸に出てきた桜木真之助は、定廻り同心に似顔絵を頼まれたことから事件に巻き込まれる。シリーズ第一弾。

芦川淳一
似づら絵師事件帖
蝮の十蔵百面相
長編時代小説〈書き下ろし〉

火事で記憶を失った女が持っていた一枚の童女の似づら絵。その絵に隠された恐るべき犯罪とは……。好評シリーズ第二弾。

芦川淳一

似づら絵師事件帖
人斬り左近

長編時代小説〈書き下ろし〉

路上で立会いを求められた浪人から用心棒の話を持ちかけられた真之助。藩の闇で蠢く連中の悪巧みの臭いがする。好評シリーズ第三弾。

芦川淳一

似づら絵師事件帖
影の用心棒

長編時代小説〈書き下ろし〉

墨縄の宇兵衛親分に、吉原の女郎と駆け落ちした息子を密かに江戸から逃がして欲しいと頼まれた桜木真之助。好評シリーズ第四弾。

芦川淳一

似づら絵師事件帖
果たし合い

長編時代小説〈書き下ろし〉

藩の乗っ取りを企む井筒帯刀が、桜木真之助に刺客を放った。一方、藩主暗殺を謀る一派が藩邸にもぐりこんでくる。

井川香四郎

洗い屋十兵衛　江戸日和
逃がして候

長編時代小説〈書き下ろし〉

やむにやまれぬ事情を抱えたあなたの人生、洗い直します——素浪人、月丸十兵衛の人情闇裁き。書き下ろし連作時代小説シリーズ第一弾。

井川香四郎

洗い屋十兵衛　江戸日和
恋しのぶ

長編時代小説〈書き下ろし〉

辛い過去を消したい男と女にも、明日を生きる道は必ずある。我が子への想いを胸に秘めて島抜けした男の覚悟と哀切。シリーズ第二弾。

井川香四郎

洗い屋十兵衛　江戸日和
遠い陽炎

長編時代小説〈書き下ろし〉

今度ばかりは洗うわけにはいかない。番頭風の男は、十兵衛に大盗賊・雲切仁左衛門と名乗ったのだ……。好評シリーズ第三弾。

井川香四郎

金四郎はぐれ行状記
大川桜吹雪《おおかわさくらふぶき》

時代小説〈書き下ろし〉

日本橋堺町の一角にある芝居町をねぐらにする遊び人で、後年名奉行と謳われることになる遠山金四郎の若き日々を描くシリーズ第一弾。

井川香四郎　金四郎はぐれ行状記　仇《あた》の風　時代小説〈書き下ろし〉

薬種問屋の一人娘が拐かされた。身代金の受け渡しをかってでた金四郎だが、まんまと千両を奪われてしまう…。好評シリーズ第二弾。

井川香四郎　金四郎はぐれ行状記　冥加《みょうが》の花　時代小説〈書き下ろし〉

南町奉行のもとに脅し文が射込まれた。その張本人にされかけた金四郎は、ことの真相を探り始めるが……。好評シリーズ第三弾。

池波正太郎　熊田十兵衛の仇討ち　時代小説短編集

熊田十兵衛は父を闇討ちした山口小助を追って仇討ちの旅に出たが、苦難の旅の末に……。表題作ほか十一編の珠玉の短編を収録。

池波正太郎　元禄一刀流　時代小説短編集〈初文庫化〉

相戦うことになった道場仲間、一学と孫太夫の運命を描く表題作など、文庫未収録作品七編を収録。細谷正充編。

稲葉稔　影法師冥府《めいふ》葬《おく》り　父子《おやこ》雨情《うじょう》　長編時代小説〈書き下ろし〉

父を暴漢に殺害された青年剣士・宇佐見平四郎は、師と仰ぐ平山行蔵とともに先手御用掛として、許せぬ悪を討つ役目を担うことに。

稲葉稔　影法師冥府《めいふ》葬《おく》り　夕まぐれの月　長編時代小説〈書き下ろし〉

平四郎の妻あやめが殺害された。さらに、先手御用掛の職務に悩む平四郎に、兄弟子の菊池多一郎が突如刺客となって襲いかかる。

稲葉稔　影法師冥府《めいふ》葬《おく》り　雀の墓　長編時代小説〈書き下ろし〉

江戸城の警護にあたる大番組の与力と同心が相次いで斬殺された。探索を命じられた平四郎は二人の悪評を耳にする。シリーズ第三弾。

乾荘次郎　谷中下忍党　長編時代小説〈書き下ろし〉

江戸の谷中でひそかに生きる伊賀下忍・佐仲太が、父・服部半蔵の遺命を胸に母の仇討ちへと出立する。双葉文庫初登場作品。

岡田秀文　本能寺六夜物語　連作時代短編集

本能寺の変より三十年後に集められた、事件に深く関わる六人は何を知っていたのか!?　第21回小説推理新人賞受賞作家の受賞後第一作。

風野真知雄　若さま同心　徳川竜之助　消えた十手　長編時代小説〈書き下ろし〉

市井の人々に接し、磨いた剣の腕で悪を懲らしめたい……。田安徳川家の十一男・徳川竜之助が定町回り同心見習いへ。シリーズ第一弾。

風野真知雄　若さま同心　徳川竜之助　風鳴《ふうめい》の剣　長編時代小説〈書き下ろし〉

見習い同心の徳川竜之助は、湯屋で起きた老人殺しの下手人を追っていた。そんな最中、竜之助の命を狙う刺客が現れ……。シリーズ第二弾。

風野真知雄　若さま同心　徳川竜之助　空飛ぶ岩　長編時代小説〈書き下ろし〉

次々と江戸で起こる怪事件。事件解決のため、日々奔走する徳川竜之助だったが、新陰流の正当をめぐって柳生に里の刺客が襲いかかる。

片桐京介　名残《なごり》の月　長編時代小説〈書き下ろし〉

内助の誉れ高い妻に痴呆の兆しが見え、夫は職を辞し介護に専念しようと決意する。信州の小藩を舞台に、夫婦の至純な愛を描く感涙の物語。

勝目梓　天保枕絵秘聞　長編官能時代小説

天才枕絵師にして示現流の達人・淫楽斎が、モデルに使っていた女性を相次いで惨殺され、真相を追うことに。大江戸官能ハードボイルド。

佐伯泰英

居眠り磐音《いわね》 江戸双紙 11

無月《むげつ》ノ橋

長編時代小説〈書き下ろし〉

秋の深川六間堀、愛刀包平の研ぎを頼んだことで思わぬ騒動に。穏やかな磐音の人柄に心が和む、大好評痛快時代小説シリーズ第十一弾。

佐伯泰英

居眠り磐音《いわね》 江戸双紙 12

探梅《たんばい》ノ家

長編時代小説〈書き下ろし〉

雪が舞う深川六間堀、金兵衛長屋の浪人坂崎磐音は御府内を騒がす押し込み探索に関わり……。大好評痛快時代小説シリーズ第十二弾。

佐伯泰英

居眠り磐音《いわね》 江戸双紙 13

残花《ざんか》ノ庭

長編時代小説〈書き下ろし〉

水温む江戸の春、日暮里界隈に横行する美人局騒ぎで、坂崎磐音は同心木下一郎太を手助けすることに。大好評痛快時代小説シリーズ第十三弾。

佐伯泰英

居眠り磐音《いわね》 江戸双紙 14

夏燕《なつつばめ》ノ道

長編時代小説〈書き下ろし〉

両替商今津屋の老分番頭由蔵らと日光社参に随行することになった磐音だが、出立を前に思わぬ事態が出来する。大好評シリーズ第十四弾。

佐伯泰英

居眠り磐音《いわね》 江戸双紙 15

驟雨《しゅうう》ノ町

長編時代小説〈書き下ろし〉

助力の礼にと招かれた今津屋吉右衛門らの案内役として下屋敷に向かった磐音は、父正睦より予期せぬことを明かされる。大好評シリーズ第十五弾。

佐伯泰英

居眠り磐音《いわね》 江戸双紙 16

蛍火《ほたるび》ノ宿《しゅく》

長編時代小説〈書き下ろし〉

小田原脇本陣・小清水屋の長女お香奈と大塚左門が厄介事に巻き込まれる。一方、白鶴太夫にも思わぬ噂が……。大好評シリーズ第十六弾。

佐伯泰英

居眠り磐音《いわね》 江戸双紙 17

紅椿《べにつばき》ノ谷

長編時代小説〈書き下ろし〉

菊花薫る秋、両替商・今津屋吉右衛門とお佐紀の祝言に際し、花嫁行列の案内役を務めることになった磐音だが……。大好評シリーズ第十七弾。

佐伯泰英
居眠り磐音《いわね》　江戸双紙25
白桐《しろぎり》ノ夢
長編時代小説
〈書き下ろし〉
西の丸に出仕する依田鐘四郎を通じ、大納言家基より予て約定のものを手配いたせとの言伝が磐音にもたらされるが……。シリーズ第二十五弾。

佐伯泰英 著・監修
「居眠り磐音《いわね》」
江戸双紙」読本
ガイドブック
〈文庫オリジナル〉
「深川・本所」の大型カラー地図をはじめ、地図や読み物満載。由蔵と少女おこんの出会いを描いた書き下ろし「跡継ぎ」（シリーズ番外編）収録。

坂岡真
照れ降れ長屋風聞帖
大江戸人情小太刀
長編時代小説
〈書き下ろし〉
江戸堀江町、通称「照れ降れ町」の長屋に住む浪人、浅間三左衛門。疾風一閃、富田流小太刀の妙技が人の情けを救う。シリーズ第一弾。

坂岡真
照れ降れ長屋風聞帖
残情十日の菊
長編時代小説
〈書き下ろし〉
浅間三左衛門と同じ長屋に住む下駄職人の娘に舞い込んだ縁談の裏に、高利貸しの暗躍が。富田流小太刀で救う江戸模様。シリーズ第二弾。

坂岡真
照れ降れ長屋風聞帖
遠雷《えんらい》雨燕《あまつばめ》
長編時代小説
〈書き下ろし〉
孝行者に奉行所から贈られる「青緡五貫文」。そのために遊女にされた女が心中を図る。裏には町役の企みが。好評シリーズ第三弾。

坂岡真
照れ降れ長屋風聞帖
富《とみ》の突留札《つきどめふだ》
長編時代小説
〈書き下ろし〉
突留札の百五十両が、おまつ達に当たった。用心棒を頼まれた浅間三左衛門は、換金した帰り道で破落戸に襲われる。好評シリーズ第四弾。

坂岡真
照れ降れ長屋風聞帖
あやめ河岸
長編時代小説
〈書き下ろし〉
浅間三左衛門の投句仲間で定廻り同心に戻った八尾半四郎が、花魁・小紫にからんだ魚問屋の死の真相を探る。好評シリーズ第五弾。

坂岡真

照れ降れ長屋風聞帖

子授け銀杏《いちょう》

長編時代小説〈書き下ろし〉

境内で腹薬を売る浪人、田川頼母の死体が川に浮いた。事件の背景を探る浅間三左衛門の怒りが爆発する。好評シリーズ第六弾。

坂岡真

照れ降れ長屋風聞帖

仇《あ》だ桜

長編時代小説〈書き下ろし〉

幕府の役人が三人斬殺されたが、浅間三左衛門には犯人の心当たりがあった。三左衛門の過去の縁に桜花が降りそそぐ。好評シリーズ第七弾。

坂岡真

照れ降れ長屋風聞帖

濁り鮒《ぶな》

長編時代小説〈書き下ろし〉

出産を控えたおまつに頼まれ、三左衛門は大店に嫁いだ汁粉屋の娘おきちの悩み事を解消するために動き出す。好評シリーズ第八弾。

坂岡真

照れ降れ長屋風聞帖

雪見舟

長編時代小説〈書き下ろし〉

元会津藩の若き浪人・天童虎之介に、己の若き日の姿を見た浅間三左衛門。虎之介とともに会津へ向かう。大好評シリーズ第九弾。

坂岡真

照れ降れ長屋風聞帖

散り牡丹《ぼたん》

長編時代小説〈書き下ろし〉

三左衛門の住む長屋の母娘を助けたことで、江戸中で評判になった陰陽師。しかし、その男には世間を欺く裏の顔があった。大好評シリーズ第十弾。

翔田寛

影踏み鬼

短編時代小説集

第22回小説推理新人賞受賞作家の力作。若き戯作者が耳にした誘拐劇の恐るべき顛末とは？表題作ほか、人間の業を描く全五編を収録。

鈴木英治

口入屋用心棒

逃げ水の坂

長編時代小説〈書き下ろし〉

仔細あって木刀しか遣わない浪人、湯瀬直之進は、江戸小日向の口入屋・米田屋光右衛門の用心棒として雇われる。好評シリーズ第一弾。

鈴木英治
口入屋用心棒
匂い袋の宵
長編時代小説
〈書き下ろし〉

湯瀬直之進が口入屋の米田屋光右衛門から請けた仕事は、元旗本の将棋の相手をすることだったが……。好評シリーズ第二弾。

鈴木英治
口入屋用心棒
鹿威《ししおど》しの夢
長編時代小説
〈書き下ろし〉

探し当てた妻千勢から出奔の理由を知らされた直之進は、事件の鍵を握る殺し屋、倉田佐之助の行方を追うが……。好評シリーズ第三弾。

鈴木英治
口入屋用心棒
夕焼けの甍《いらか》
長編時代小説
〈書き下ろし〉

佐之助の行方を追う直之進は、事件の背景にある藩内の勢力争いの真相を探る。折りしも沼里城主が危篤に陥り……。好評シリーズ第四弾。

鈴木英治
口入屋用心棒
春風《はるかぜ》の太刀
長編時代小説
〈書き下ろし〉

深手を負った直之進の傷もようやく癒えはじめた折りも折り、米田屋の長女おあきの亭主甚八が事件に巻き込まれる。好評シリーズ第五弾。

鈴木英治
口入屋用心棒
仇討ちの朝
長編時代小説
〈書き下ろし〉

倅の祥吉を連れておあきが実家の米田屋に戻った。そんな最中、千勢が勤める料亭・料永に不吉な影が忍び寄る。好評シリーズ第六弾。

鈴木英治
口入屋用心棒
野良犬の夏
長編時代小説
〈書き下ろし〉

湯瀬直之進は米の安売りの黒幕・島丘伸之丞を追う的場屋登兵衛の用心棒として、田端の別邸に泊まり込むが……。好評シリーズ第七弾。

鈴木英治
口入屋用心棒
手向けの花
長編時代小説
〈書き下ろし〉

殺し屋・土崎周蔵の手にかかり斬殺された中西道場一門の無念をはらすため、湯瀬直之進は復讐を誓う……。好評シリーズ第八弾。

鈴木英治

口入屋用心棒
赤富士の空

長編時代小説
〈書き下ろし〉

人殺しの廉で南町奉行所定廻り同心・樺山富士太郎が捕縛された。直之進と中間の珠吉は事の真相を探ろうと動き出す。好評シリーズ第九弾。

鈴木英治

口入屋用心棒
雨上《あめあが》りの宮《みや》

長編時代小説
〈書き下ろし〉

死んだ緒加屋増左衛門の素性を確かめるため、探索を開始した湯瀬直之進。次第に明らかになっていく腐米汚職の実態。好評シリーズ第十弾。

高橋三千綱

右京之介助太刀始末・
お江戸は爽快

晴朗長編時代小説

颯爽たる容姿に青空の如き笑顔。何処からともなく現れた若侍が、思わぬ奇策で悪を懲らしめる。痛快無比の傑作時代活劇見参!!

高橋三千綱

右京之介助太刀始末
お江戸の若様

晴朗長編時代小説

五年ぶりに江戸に戻った右京之介、放浪先での事件が発端で越前北浜藩の抜け荷に絡む事件に巻き込まれる。飄々とした若様の奇策とは?!

高橋三千綱

右京之介助太刀始末
お江戸の用心棒（上）

長編時代小説
〈文庫オリジナル〉

右京之介に国元からやってくる鈴姫の警護を頼もうとしていた柏原藩江戸留守居役の福田孫兵衛だが、なぜか若様の片棒を担ぐ羽目に。

高橋三千綱

右京之介助太刀始末
お江戸の用心棒（下）

長編時代小説
〈文庫オリジナル〉

弥太が連れてきた口入れ屋井筒屋から、女辻占い師の用心棒をしてほしいと頼まれた右京之介は、その依頼の裏に不穏な動きを察知する。

千野隆司

主税助《ちからのすけ》捕物暦
夜叉追い

長編時代小説
〈書き下ろし〉

江戸市中に難事件が勃発した。鏡心明智流免許皆伝の定町廻り同心・主税助が探索に奔る。端正にして芳醇な新捕物帳！　シリーズ第一弾。

千野隆司
主税助《ちからのすけ》捕物暦
天狗斬り
長編時代小説
〈書き下ろし〉

島送りの罪人を乗せた唐丸駕籠が何者かに襲われ、捕縛に向かった主税助の前に本所の大天狗と怖れられる浪人の姿が……。シリーズ第二弾。

千野隆司
主税助《ちからのすけ》捕物暦
麒麟《きりん》越え
長編時代小説
〈書き下ろし〉

「大身旗本の姫を知行地まで護衛せよ」が奉行から命じられた別御用だった。攫われた姫を追って敵の本拠地・麒麟谷へ！シリーズ第三弾。

千野隆司
主税助《ちからのすけ》捕物暦
虎狼《ころう》舞い
長編時代小説
〈書き下ろし〉

火事騒ぎに紛れて非道を働いた悪党を討ち伏せたのは、甘味処の主人宇吉だった。果たして、その正体は……。好評シリーズ第四弾。

千野隆司
主税助《ちからのすけ》捕物暦
怨霊崩し
長編時代小説
〈書き下ろし〉

春風の夜に、神田で再三火事がおき、町は灰燼と化した。また、毒虫の被害や神隠し事件がおき、一連の出来事は怨霊の祟りかと噂される。

築山桂
銀杏《いちょう》屋敷捕物控
初雪の日
長編時代小説
〈書き下ろし〉

銀杏屋敷と呼ばれる旗本屋敷の庭で人の手首が見つかった。奉公人のお鶴は事件に興味を持ち、探索に関わることに……。シリーズ第一弾。

築山桂
銀杏《いちょう》屋敷捕物控
葉陰の花
長編時代小説
〈書き下ろし〉

二十年前に市中を騒がせた盗賊「疾風の多門」一味が再び江戸に現れた。銀杏屋敷の姉妹にはこの一味との因縁が……。シリーズ第二弾。

築山桂
銀杏《いちょう》屋敷捕物控
まぼろしの姫
長編時代小説
〈書き下ろし〉

銀杏屋敷に住む志希に縁談が持ち上がった。相手は京の身分ある公家。銀杏屋敷の住人たちは喜びよりも淋しさと不安が。シリーズ第三弾。

鳥羽亮
はぐれ長屋の用心棒
湯宿《ゆやど》の賊
長編時代小説〈書き下ろし〉
盗賊にさらわれた娘を救って欲しいと船宿の主が華町源九郎を訪ねてきた。箱根に向かった源九郎一行を襲う謎の刺客。好評シリーズ第八弾。

鳥羽亮
はぐれ長屋の用心棒
父子凧《おやこだこ》
長編時代小説〈書き下ろし〉
俊之助に栄進話が持ち上がり、喜びに包まれる華町家。そんな矢先、俊之助と上司の御納戸役が何者かに襲われる。好評シリーズ第九弾。

鳥羽亮
はぐれ長屋の用心棒
孫六の宝
長編時代小説〈書き下ろし〉
長い間子供の出来なかった娘のおみよが妊娠した。驚喜する孫六だが、おみよの亭主・又八が辻斬りに襲われる。好評シリーズ第十弾。

鳥羽亮
はぐれ長屋の用心棒
雛《ひな》の仇討ち
長編時代小説〈書き下ろし〉
両国広小路で菅井紋太夫に挑戦してきた子連れの武士。藩を二分する権力争いに巻き込まれて江戸へ出てきたらしい。好評シリーズ第十一弾。

鳥羽亮
はぐれ長屋の用心棒
瓜ふたつ
長編時代小説〈書き下ろし〉
奉公先の旗本の世継ぎ問題に巻き込まれ、浪人に身をやつした向田武左衛門がはぐれ長屋に越してきた。そんな折、大川端に御家人の肢体が。

花家圭太郎
無用庵日乗《にちじょう》
上野《うえの》不忍《しのばず》無縁坂
長編時代小説〈書き下ろし〉
魚問屋の隠居・雁金屋治兵衛は、馬庭念流の遣い手・田代十兵衛と意気投合し、隠宅である無用庵に向かう。シリーズ第一弾。

花家圭太郎
無用庵日乗《にちじょう》
乱菊慕情
長編時代小説〈書き下ろし〉
湯治からの帰り道、雁金屋治兵衛は草相撲で五人抜きに挑戦する若者と出会い、江戸相撲に入門させようと連れ帰るが。シリーズ第二弾。

藤原緋沙子

藍染袴《あいぞめばかま》お匙帖
風光る

時代小説〈書き下ろし〉

医学館の教授方であった父の遺志を継いで治療院を開いた千鶴が、御家人の菊池求馬とともに難事件を解決する。好評シリーズ第一弾！

藤原緋沙子

藍染袴《あいぞめばかま》お匙帖
雁渡《かりわた》し

時代小説〈書き下ろし〉

押し込み強盗を働いた男が牢内で死んだ。牢医師も務める町医者千鶴の見立ては、烏頭による毒殺だったが……。好評シリーズ第二弾！

藤原緋沙子

藍染袴《あいぞめばかま》お匙帖
父子雲《ちちこぐも》

時代小説〈書き下ろし〉

シーボルトの護衛役が自害した。長崎で医術を学んでいたころ世話になった千鶴は、シーボルトが上京すると知って……。シリーズ第三弾！

藤原緋沙子

藍染袴《あいぞめばかま》お匙帖
紅《あか》い雪

時代小説〈書き下ろし〉

千鶴の助手を務めるお道の幼馴染み、おふみが許嫁の松吉にわけも告げず、吉原に身を売った。千鶴は両親のもとに出向く。シリーズ第四弾！

牧秀彦

江都《こうと》の暗闘者
将軍の刺客

長編時代小説〈書き下ろし〉

八代将軍徳川吉宗から田沼意行に、市井の裏に潜み跳梁する悪人退治の密命が下った。若党・白羽兵四郎が悪に立ち向かう、シリーズ第一弾。

牧秀彦

江都《こうと》の暗闘者
青鬼《あおおに》の秘計《ひけい》

長編時代小説〈書き下ろし〉

江戸市中を紅蓮の炎で舐め尽した大火は付け火なのか？　将軍吉宗失脚を画策する巨悪に、白羽兵四郎が正義の剣を振るう。シリーズ第二弾。

松本賢吾

はみだし同心人情剣
片恋十手

長編時代小説〈書き下ろし〉

南町奉行所内与力の神永駒次郎は、員数外のはぐれ者だが、大岡越前の直轄で捜査を行う重要な役割をになっていた。シリーズ第一弾。

松本賢吾
はみだし同心人情剣
忍恋《しのぶこい》十手
長編時代小説〈書き下ろし〉

吉宗の御落胤を騙る天一坊が大坂に現れた。事態を危惧する大岡忠相に調査を命じられた駒次郎の活躍は⁉ 好評シリーズ第二弾！

松本賢吾
はみだし同心人情剣
悲恋十手
長編時代小説〈書き下ろし〉

花見客の騒動をきっかけに、大盗賊雲切仁左衛門の手掛かりを掴んだ駒次郎は、恋敵の渥美喜十郎とともに奔走する。好評シリーズ第三弾！

松本賢吾
はみだし同心人情剣
仇恋《あだごい》十手
長編時代小説〈書き下ろし〉

阿片中毒患者が火盗改に斬られる事件が、三件続く。江戸の街を阿片で混乱させる一味に挑む駒次郎が窮地に！ 好評シリーズ第四弾！

松本賢吾
八丁堀の狐
女郎蜘蛛
長編時代小説〈書き下ろし〉

女犯坊主が、鎧通を突き立てられて殺された。北町奉行所与力・狐崎十蔵、人呼んで「八丁堀の狐」が、許せぬ悪を裁く。シリーズ第一弾！

松本賢吾
八丁堀の狐
鬼　火
長編時代小説〈書き下ろし〉

隠し番屋の仲間・猪吉に殺しの嫌疑がかけられ、夜鷹蕎麦屋の七蔵は「贋狐」に襲われる。背後には鼈甲細工をめぐる悪徳商人の動きが。

松本賢吾
八丁堀の狐
鬼あざみ
長編時代小説〈書き下ろし〉

隠密廻り同心の狸穴三角に、押し込み強盗の嫌疑が。隠し番屋「狐の穴」潰しの策謀と知った狐崎十蔵の怒りが爆発する。大好評シリーズ第三弾。

松本賢吾
八丁堀の狐
七化《ななば》け
長編時代小説〈書き下ろし〉

捕らえた盗賊・鬼薊の清吉はひとりだけではなかった？ もうひとりの清吉を探す狐崎十蔵の前に、強敵が現れる。好評シリーズ第四弾。

六道慧
浦之助手留帳
夢のあかり
長編時代小説〈書き下ろし〉
寛政二年五月、深川河岸で釣りに興じる山本浦之助。思わぬ騒動に巻き込まれた浦之助が解き明かす連続侍殺しの謎。シリーズ第三弾。

六道慧
浦之助手留帳
小夜嵐《さよあらし》
長編時代小説〈書き下ろし〉
老舗の主が命を狙われている——。浅草三好町で悠々自適の隠居暮らしを送る浦之助が、鮮やかに捌いてみせる男女の仲。シリーズ第四弾。

六道慧
深川日向《ひなた》ごよみ
凍《い》て蝶
長編時代小説〈書き下ろし〉
故あって国許を離れ、長屋暮らしの時津日向子、大助母子。日向子は骨董屋〈天秤堂〉の裏の仕事を手伝い糊口を凌いでいた。シリーズ第一弾。

六道慧
深川日向《ひなた》ごよみ
催花雨《さいかう》
長編時代小説〈書き下ろし〉
時津日向子のもとに、夜毎夢に現れる娘を探してほしいとの依頼が舞い込む。日読み屋の面々が早速調べるが。シリーズ第二弾。

六道慧
深川日向《ひなた》ごよみ
忍《しの》び音《ね》
長編時代小説〈書き下ろし〉
油問屋の一人娘が命を狙われた。天秤堂の時津日向子は一人息子・大助と相談の上、用心棒を引き受けるが……。好評シリーズ第三弾。

和久田正明
読売り雷蔵　世直し帖
彼岸桜
長編時代小説〈書き下ろし〉
瓦版で評判をとった浅草花川戸町の書物問屋、巴屋の再興を決意した雷蔵は、昔の仲間を集めて罠を張るが……。好評シリーズ第一弾。

和久田正明
読売り雷蔵　世直し帖
螢の川
長編時代小説〈書き下ろし〉
尼天教に入信した妻を連れ戻してほしいと頼まれた雷蔵は、峠九十郎やお艶らと谷中の螢屋敷に踏み込む。好評シリーズ第二弾。

和久田正明
読売り雷蔵　世直し帖
初雁《はつかり》翔《と》ぶ
長編時代小説〈書き下ろし〉

盗賊・閻魔が、真綿問屋に押し入り百両を奪って一家を皆殺しにした。巴屋の雷蔵は閻魔を裏獄門へと誘う罠を張る。好評シリーズ第三弾。

和久田正明
火賊《ひぞく》捕盗《ほとう》同心《どうしん》捕者帳《とりものちょう》
あかね傘
時代小説〈書き下ろし〉

刀剣・骨董専門の盗人〈赤目の権兵衛〉探索に乗り出した、若き火盗改め同心・新免又七郎の活躍を描く、好評シリーズ第一弾！

和久田正明
火賊《ひぞく》捕盗《ほとう》同心《どうしん》捕者帳《とりものちょう》
海《うみ》鳴《なり》
時代小説〈書き下ろし〉

盗賊・いかずちお仙を、いま一歩のところで取り逃がした火盗改め同心・新免又七郎の必死の探索を描く好評シリーズ第二弾！

和久田正明
火賊《ひぞく》捕盗《ほとう》同心《どうしん》捕者帳《とりものちょう》
こぼれ紅
時代小説〈書き下ろし〉

凶賊・蛭子の万蔵を取り逃がしてしまうが、近くに住む紅師の女に目をつけた新免又七郎は、小商人に姿を変え近づく。シリーズ第三弾。

和久田正明
鎧《よろい》月之介《つきのすけ》殺法帖《さっぽうちょう》
飛《とび》燕《つばめ》
時代小説〈書き下ろし〉

藩命を受け公儀隠密を討ち果たした小暮月之介だったが、後顧の憂いをおそれた藩重役らによって月之介に追っ手が……。シリーズ第一弾。

和久田正明
鎧《よろい》月之介《つきのすけ》殺法帖《さっぽうちょう》
魔《ま》笛《てき》
時代小説〈書き下ろし〉

再び盗人稼業に手を染めた島帰りの竜蔵。その前に現れた岡っ引きは別れた娘だった。月之介の修羅の剣が静寂を斬り裂く。シリーズ第二弾。

和久田正明
鎧《よろい》月之介《つきのすけ》殺法帖《さっぽうちょう》
闇公方《やみくぼう》
時代小説〈書き下ろし〉

江戸城改修に絡む汚職事件で勘定方の小役人が姿を消した。探索の依頼を受けた月之介の前に巨悪の影が立ちはだかる。シリーズ第三弾。